플랜더스 지방의 작은 마을 끝에 자리한 조그만 오두막.

성당의 구슬픈 종소리가 들려오는

누추하고 초라하기 그지없는 그곳에

한 소년과 늙은 노인과 한 마리 개가 살았다.

소년은 진지하고도 부드러운 짙은 눈동자에 발그레한 뺨,

목덜미까지 늘어진 금발이 무척 아름다운 아이였다.

가난하지만 소박하고 욕심 없이 사는 할아버지를 존경했고

충성스럽게 늘 곁을 지키는 가족이자 친구인 개,

파트라슈를 사랑했다.

A Dog of Flanders

플랜더스의 개

위다 지음 | 김양미 옮김 | 김지혁 일러스트

Contents

플랜더스의 개
A Dog of Flanders

요리사 뒤에서 졸린 목소리가 튀어나왔다.

"저 겨울잠쥐를 체포해라!"

여왕이 날카롭게 소리쳤다.

"저 겨울잠쥐의 목을 쳐라! 법정에서 쫓아내라! 저 놈을 꼼짝 못하게 해! 저 놈을 꼬집어라! 저 놈의 수염을 뽑아 버려!"

한동안 법정 안은 겨울잠쥐를 몰아내느라 아수라장이 되었다. 겨우 안정을 되찾았을 때쯤엔 요리사는 이미 사라지고 없었다.

한시름 놓았다는 듯 왕이 말했다.

"신경 쓸 것 없다! 다음 증인을 불러라."

그러고는 목소리를 낮추어 여왕에게 말했다.

"여보, 다음 증인은 당신이 반대신문하구려. 난 골치가 너무 아파서 말이야!"

앨리스는 명단을 만지작거리는 흰 토끼를 보며 다음 증인이 누굴까, 잔뜩 호기심이 일었다. 그러면서 이렇게 중얼거렸다.

"여태껏 증언다운 증언이 없었잖아."

그러니 흰 토끼가 작고 가는 목청을 한껏 돋워 "앨리스!" 하고 외쳤을 때 앨리스가 얼마나 놀랐을지 한번 상상해 보라.

12

앨리스의 증언

"네!"

순간 너무 당황한 앨리스는 몇 분 새 자기가 얼마나 커졌는지도 까맣게 잊은 채 큰소리로 대답하며 허겁지겁 몸을 일으켰다. 그 바람에 배심원석이 치맛자락에 걸려 뒤집어졌고, 배심원들은 아래에 있던 관중들의 머리 위로 고꾸라져서는 큰 대자로 쭉 뻗어 버렸다. 그 모습을 본 앨리스는 지난주에 실수로 엎어 버린 금붕어 어항이 떠올랐다.

"어머, 미안해요!"

앨리스는 어쩔 줄 몰라하며 최대한 빨리 배심원들을 집어 올리기 시작했다. 금붕어 사건이 머리에서 뱅뱅 맴돌아 배심원들을 당장 자리에 앉히지 않으면 전부 죽을지도 모른다는 생각이

들었던 것이다.

왕이 근엄한 목소리로 말했다.

"배심원들이 모두 제자리에 앉기 전까지 재판은 진행할 수 없다. 하나라도 빠지면 안 돼."

왕이 다시 한 번 힘주어 말하며 앨리스를 무섭게 노려보았다.

앨리스는 배심원석을 보다가 너무 서두르는 바람에 그만 도마뱀을 거꾸로 앉혔다는 걸 알았다. 불쌍한 도마뱀은 옴짝달싹 못한 채 꼬리만 처량하게 흔들고 있었다. 앨리스가 재빨리 도마뱀을 집어 제대로 앉히며 중얼거렸다.

"이런다고 뭐가 달라지나? 거꾸로 있든 바로 있든 재판에 도움 안 되기는 마찬가지일걸."

배심원들은 어느 정도 충격에서 벗어나자 석판과 연필을 찾아 쥐고 부지런히 사건의 이모저모를 기록하기 시작했다. 단지 도마뱀만이 충격이 너무 커서인지 입을 떡 벌린 채 천장만 올려다보고 있었다.

"이 일에 대해 뭘 알고 있지?"

왕이 앨리스에게 물었다.

"아무것도 몰라요."

앨리스가 대답했다.

"하나도?"

왕이 물고 늘어졌다.

"하나도요."

앨리스가 말했다.

"아주 중요한 얘기군."

왕이 배심원들을 돌아보며 말했다. 배심원들이 이 말을 막 받아 적기 시작하는데 흰 토끼가 끼어들었다.

"폐하의 말씀은 물론 중요하지 않다는 뜻이겠지요."

말투는 공손했지만 얼굴은 잔뜩 찌푸린 채였다.

"물론 안 중요하다는 뜻이고말고."

왕이 얼른 말을 바꾸었다. 그러고는 마치 어떤 말이 더 듣기 좋은지 시험해 보듯 작은 소리로 중얼거렸다.

"중요하다, 안 중요하다, 중요하다, 안 중요하다……."

어떤 배심원들은 '중요하다.'라고 썼고 어떤 배심원들은 '안 중요하다.'라고 썼다. 앨리스는 배심원들 가까이 앉아 있어서 석판의 기록이 훤히 다 보였다.

'하지만 그게 무슨 상관이람.'

앨리스가 속으로 생각했다.

"조용!"

한동안 공책에 무언가를 열심히 적고 있던 왕이 갑자기 소리를 질렀다. 그러고는 소리 내어 글을 읽었다.

"규칙 제 42조, 키가 1,600미터 이상인 사람은 법정을 떠나야 한다."

모두의 시선이 앨리스에게로 쏠렸다.

"난 그 정도로 크지 않아요."

앨리스가 말했다.

"커."

왕이 말했다.

"아마 3,000미터쯤 될걸."

여왕이 거들었다.

"어쨌든 난 나가지 않을 거예요. 게다가 그건 정식 규칙도 아닌 걸요. 방금 전에 만들어 냈잖아요."

앨리스가 반박했다.

"이건 가장 오래된 규칙이야."

왕이 말했다.

"그렇다면 제 1조가 되어야죠."

앨리스가 따졌다.

왕의 얼굴이 하얗게 변하더니 허둥지둥 공책을 덮었다.

"평결을 내려라."

왕이 배심원들을 향해 떨리는 소리로 나직이 말했다.

"폐하, 아직 증거가 남아 있습니다. 방금 이 종이를 손에 넣었습니다."

흰 토끼가 펄쩍 뛰며 황급히 말했다.

"뭐라고 적혀 있느냐?"

여왕이 물었다.

"저도 아직 열어 보진 않았습니다만, 카드 잭이 누군가에게 쓴 편지 같습니다."

흰 토끼가 대답했다.

"당연히 그렇겠지. 누군가에게 쓴 게 아니라면 그게 더 이상하잖아."

왕이 말했다.

"누구한테 보낸 겁니까?"

한 배심원이 물었다.

"보낸 게 아닙니다. 사실 겉에는 아무것도 안 쓰여 있거든요."

흰 토끼가 종이를 펼치며 이렇게 덧붙였다.

"편지가 아니네요."

"카드 잭의 글씨인가요?"

다른 배심원이 물었다.

"아니요. 그게 제일 이상한 점입니다."

흰 토끼가 대답했다. (배심원들이 모두 어리둥절한 표정을 지었다.)

"다른 사람의 글씨를 흉내 낸 게 틀림없어."

왕이 말했다. (배심원들의 얼굴이 다시 환해졌다.)

"폐하, 저는 그걸 쓰지 않았습니다. 그리고 제가 썼다는 증거

도 없습니다. 끝에 서명도 없지 않습니까?"

카드 잭이 말했다.

"네 놈이 서명을 하지 않았다면 문제는 더 심각해지지. 나쁜 짓을 할 속셈이 아니었다면 정직한 사람들처럼 당연히 서명을 했을 것 아니냐?"

여기저기서 박수갈채가 쏟아져 나왔다. 왕이 그날 들어 처음으로 똑똑한 말을 했기 때문이다.

"유죄가 입증되었군."

여왕이 말했다.

"그건 증거라고 할 수 없어요! 아직 내용도 모르잖아요!"

앨리스가 소리쳤다.

"읽어 보거라."

왕이 명령했다.

흰 토끼가 안경을 쓰고는 물었다.

"어디서부터 시작할까요, 폐하?"

"처음부터 시작해서 끝날 때까지 계속 읽어. 그런 다음에 멈춰."

왕이 엄숙하게 말했다.

흰 토끼가 읽은 시는 이러했다.

그들은 내게 당신이 그녀에게 갔다고 말했어요.

그리고 그에게 내 얘기를 했죠.

그녀는 나를 칭찬했지만

내가 수영을 못한다고 말했지요.

그는 그들에게 내가 가지 않았다고 전했어요.

(우리는 그게 사실이라는 걸 알아요.)

그녀가 그 문제를 계속 물고 늘어지면

당신은 어떻게 될까요?

나는 그녀에게 하나를 주었고, 그들은 그에게 두 개를 주었고

당신은 우리에게 세 개 이상을 주었지요.

그들은 그에게서 받은 것을 당신에게 모두 돌려주었어요.

전에는 모두 내 것들이었지만.

나 또는 그녀가 이 일에

휘말리게 된다면

그는 당신이 그들을 풀어 줄 거라고 믿어요.

우리가 그랬던 것처럼.

난 당신을

(그녀가 이렇게 미치기 전에)

그와 우리 그리고 그것 사이의
장애물이라고 생각했어요.

그녀가 그것들을 가장 좋아한다는 사실을 그가 모르게 해요.
이것은 다른 사람들에게는 비밀이니까.
당신과 나, 둘만의 비밀.

"지금까지 들었던 것 중 가장 중요한 증거로군. 그러니 이제
배심원들은······."
왕이 두 손을 비비며 말했다.
"이 시를 설명할 수 있는 배심원이 있다면(앨리스는 그새 키가
훌쩍 자라 이제 왕의 말을 끊는 것도 전혀 두렵지 않았다.) 그 사람에
게 6펜스를 주겠어요. 전 이 시에 눈곱만큼의 뜻도 없다고 생각
해요."
앨리스가 말했다.

누구에게 그림을 배운 적도, 물감을 살 돈도 없었지만
소년은 눈에 보이는 모든 것을 그렸다.
위대한 화가 루벤스를 신처럼 생각했고
언젠가는 자신도 그처럼 되기를 소망했다.
그림에 대한 소년의 열망은 파트라슈가 보기에
이해하기 어려웠지만 아름답고 신성하기까지 했다.
바라보는 이에게 경외심마저 들게 만드는
소년의 간절한 꿈은 과연 이루어질 수 있을까?

화가를 꿈꾸는 순수한 소년 넬로와

그를 너무도 사랑하는 개 파트라슈의

오래도록 기억되는 아름다운 우정 이야기가

지금 시작됩니다.

넬로와 파트라슈는 세상에 홀로 남겨졌다.

둘은 형제보다 가까운 우정을 나눈 친구였다. 아르덴(프랑스 북동부, 벨기에와 접한 산림 지대. — 옮긴이)에서 태어난 넬로는 몸집이 작았고, 플랜더스(벨기에 서부, 프랑스 북부, 네덜란드 남서부를 포함하는 지방. '플랑드르'라고도 불린다. — 옮긴이) 지방에서 태어난 파트라슈는 덩치가 컸다. 살아온 햇수로 치자면 같은 나이였지만 하나는 아직 어렸고, 다른 하나는 이미 늙은 축에 접어들었다. 둘은 늘 붙어다녔다. 둘 다 부모가 없이 가난했고, 한 사람의 보살핌을 받아야 했다. 처음 둘 사이를 이어 준 끈은 서로에 대한 연민이었다. 그 끈은 날이 갈수록 강해졌고 함께 사는 동안 탄

탄하고 굳건하게 자라나 서로를 깊이 사랑하기에 이르렀다.

둘은 작은 마을 끝에 자리한 조그만 오두막에서 살았다. 마을은 안트베르펜(벨기에 북부의 항구 도시. — 옮긴이)에서 5km쯤 떨어진 플랜더스 지방에 있었다. 넓은 목초지와 밀밭에 에워싸인 마을 사이로 커다란 운하가 흐르고 그 운하를 따라 포플러나무와 오리나무들이 산들바람에 흔들리며 죽 늘어서 있었다. 스무 채가량 되는 집과 농장은 연두색이나 하늘색 덧문에 장밋빛이나 검은색, 흰색 지붕과 어우러졌으며, 회반죽을 바른 벽은 햇빛 속에서 눈처럼 빛났다. 마을 한가운데 이끼가 살짝 낀 경사지에는 풍차 한 대가 서 있어 평평한 시골에서 이정표 역할을 했다. 옛날엔 풍차의 날개며 모든 것이 주홍색이었다. 하지만 그것은 반세기 혹은 그 이전, 나폴레옹의 병사들을 위해 밀가루를 빻던 초창기 적 이야기이고, 지금은 햇빛과 비바람에 쓸려 붉은 갈색을 띠고 있었다. 늙어서 류머티즘에 걸린 뻣뻣한 관절처럼 괴상하게 삐걱댈 때도 있었지만, 마을 사람들은 하나같이 그곳을 이용했다. 다른 곳으로 곡물을 빻으러 가는 것은 풍차 맞은편에 있는 오래된 작은 회색 성당에서 미사를 보지 않고 다른 곳에서 기도를 드리는 것만큼이나 불경하게 생각했다. 첨탑이 있는 그 성당에서는 아침, 점심, 저녁마다 하나뿐인 종을 울렸는데, 북해 연안의 저지대(벨기에, 네덜

란드, 룩셈부르크 지역. — 옮긴이)에서 울리는 종소리가 다 그러하듯 차분하고 야릇하면서도 공허한 슬픔을 자아냈다.

넬로와 파트라슈는 거의 태어나면서부터 이 구슬픈 종소리를 들으며 마을 끝 작은 오두막에서 함께 살았다. 물이 들고 나지 않는 잔잔한 바다처럼 드넓게 펼쳐진 초원과 밀밭 너머 북동쪽으로 안트베르펜의 성당(벨기에에서 가장 높은 첨탑이 있는 노트르담 성당을 말함. 성모 대성당이라고도 한다. — 옮긴이) 첨탑이 우뚝 솟은 모습이 보였다. 오두막에는 몹시 늙고 가난한 예한 다스라는 노인이 살고 있었다. 젊은 시절 군인이었던 노인은 황소가

밭을 밟아 다지듯 나라를 짓밟았던 전쟁을 기억하고 있었다. 전쟁이 노인에게 남긴 것은 절름발이라는 장애밖에 없었다.

예한 다스 노인이 여든 살이던 해, 소도시 스타벨로트 근처 아르덴 지방에 살던 딸이 죽으면서 노인에게 두 살 난 아들을 남겼다. 노인은 혼자 먹고살기도 버거운 형편이었지만 묵묵히 손자를 맡았고, 아이는 곧 노인에게 고맙고 소중한 존재가 되었다. 니콜라스의 애칭인 넬로라는 이름의 아이는 무럭무럭 자랐고, 노인과 아이는 비록 보잘것없는 작은 오두막이지만 만족하며 살았다.

사실 오두막은 말도 못하게 누추하고 작고 초라한 흙집이었다. 하지만 조가비처럼 하얗고 깨끗했으며 주변엔 콩과 허브와 호박을 심은 작은 텃밭이 있었다. 넬로와 할아버지는 찢어지게 가난해서 온종일 굶는 날이 많았다. 어쩌다가도 풍족한 적이 없었다. 먹을거리가 넉넉했다면 아마 천국에라도 간 기분이 들었을 터였다. 그래도 할아버지는 손자를 더없이 인자

하고 다정하게 대했다. 아이는 예쁘고 천진하고 정직하고 온순했다. 두 사람은 딱딱한 빵 한 조각, 양배추 몇 잎에도 행복해했으며 더 많은 걸 바라지 않았다. 다만 파트라슈가 늘 옆에 있어 주기만을 바랄 뿐이었다. 파트라슈가 없었다면 두 사람은 어떻게 살았을까?

파트라슈는 할아버지와 넬로에게 전부였다. 파트라슈는 보물상자이자 곳간이었고, 황금 창고이자 돈이 나오는 마법의 지팡이였다. 생계 수단이자 일꾼이며, 위안을 주는 유일한 친구였다. 파트라슈가 죽거나 떠난다면 할아버지와 넬로도 몸져누워 죽었을 터였다. 파트라슈는 두 사람에게 몸이자 머리고 손이자 발이었다. 생명이자 영혼이었다. 예한 다스 할아버지는 절름발이 노인이고 넬로는 어린애였기 때문이다. 파트라슈는 그런 두 사람에게 더없이 소중한 개였다.

플랜더스 지방의 개는 황색 털에 큼직한 머리와 네 발, 늑대

처럼 꼿꼿이 선 귀를 지녔다. 또 조상 대대로 힘든 일을 한 탓에 근육이 발달해 다리가 떡 벌어지고 발바닥이 넓적했다. 파트라슈는 플랜더스에서 사람들의 개로, 노예 중의 노예로 한평생 고통스레 수레를 끌며 고되고 가혹한 일에 시달리다 차가운 거리에서 죽음을 맞는 조상들의 운명을 이어받았다.

파트라슈의 부모는 여러 도시의 삐죽삐죽한 돌길과 플랜더스와 브라반트(벨기에의 수도인 브뤼셀이 있는 지방.—옮긴이)의 길고도 그늘 하나 없는 삭막한 길을 걸으며 평생 힘들게 일했다. 파트라슈가 태어나면서 물려받은 것이라곤 고통과 힘든 일밖에 없었다. 사람들에게 욕을 먹으며 살았고 주먹세례를 받았다. 왜 아니겠는가? 기독교 국가에서 파트라슈는 그저 개일 뿐이었다. 파트라슈는 완전히 다 자라기도 전에 이미 수레와 목줄의 쓰라린 고통을 맛보았다. 그리고 태어난 지 열세 달도 안돼서 푸른 바다에서 초록빛 산까지 남북을 오가야 하는 철물상의 개가 되었다. 철물상은 어리다는 이유로 파트라슈를 헐값에 사들였다.

새 주인은 술주정뱅이에 짐승 같은 사람이었다. 파트라슈의 삶은 지옥이나 다름없었다. 동물에게 지옥의 고통을 안겨 주는 것은 기독교인들이 자신의 믿음을 보여 주는 한 방법이었다(신교와 구교의 심한 대립과 갈등으로 기독교에 대한 작가의 시각이 냉소적으로 표현되었다. ─ 옮긴이). 브라반트 사람인 주인은 무뚝뚝하고 고약하고 잔인했으며, 수레에 냄비와 팬, 병과 양동이, 도자기와 놋쇠와 양철로 만든 그릇을 가득 싣고는 파트라슈 홀로 죽을힘을 다해 끌게 했다. 자신은 그 옆에서 검정색 파이프 담배를 피우며 빈들빈들 걷다가 술집이나 찻집이 보일 때마다 꼬박꼬박 들르곤 했다.

다행인지 불행인지 몰라도 파트라슈는 아주 강인했다. 잔혹한 노동에도 견딜 수 있는 강철 같은 핏줄을 타고났기 때문이다. 파트라슈는 무지막지한 짐을 진 채 채찍질에 살가죽이 벗겨지고 허기와 목마름의 고통 속에 매질과 욕지거리를 들으며 기진맥진하면서도 용케 죽지 않고 비참한 삶을 이어 나갔다. 이 고통스러운 삶은 네 발 달린 동물 중에서 가장 참을성 있고 일 잘하는 동물에게 플랜더스 사람들이 주는 유일한 품삯이었다. 이런 끔찍한 고통 속에서 2년이라는 긴 세월을 보낸 어느 날, 파트라슈는 루벤스의 도시로 이어진 곧고 먼지 날리는 살풍경한 길을 따라 평소처럼 걷고 있었다. 한여름이라 날은 찜통같이 더웠다. 철제와 도기로 된 물건을 한가득 실은 수레는 무척 무거웠다. 주인은 부들부들 떠는 파트라슈의 허리를 채찍으로 철썩철썩 때릴 때 외에는 신경도 쓰지 않고 어슬렁어슬렁 걸었다. 자신은 길가에 있는 술집마다 들러 맥주를 마셔

댔지만 파트라슈에게는 운하에서 물 한 모금 마실 시간도 주지 않았다. 파트라슈는 온종일 아무것도 못 먹은 데다 열두 시간 가까이 입술 한 번 못 축인 상태였다. 먼지가 눈앞을 가리고 땡볕 아래 타는 듯한 길을 채찍질에 시달리며 무자비한 짐의 무게에 마비되어 걷노라니, 파트라슈도 이번만큼은 견디지 못하고 비틀거리다 입에 거품을 물고 쓰러지고 말았다.

파트라슈는 작열하는 태양 아래 하얗게 먼지가 이는 길 한가운데 쓰러졌다. 죽을 만큼 아팠고 움직일 수조차 없었다. 주인은 자신의 약통에 든 유일한 약을 꺼냈다. 그것은 파트라슈가 평소에 툭하면 받는 유일한 음식이자 음료이고 급료이자 보상인, 발차기와 욕지거리와 떡갈나무 몽둥이찜질이었다. 하지만 파트라슈는 매질도, 욕설도 소용없는 지경에 이르러 있었다. 희뿌연 먼지를 뒤집어쓰고 길 위에 뻗은 파트라슈는 죽은 듯 보였다. 잠시 후, 주인은 파트라슈의 갈빗대를 걷어차고 욕을 해봤자 허사라는 걸 깨달았다. 파트라슈가 이미 죽었거나 아니면 거의 죽음에 이르러서, 누가 가죽을 벗겨 장갑이라도 만들면 모를까 아무 쓸모가 없다고 생각했다. 주인은 작별인사로 거칠게 욕을 퍼붓고는 파트라슈에게서 가죽끈을 벗겨낸 뒤 파트라슈를 풀숲으로 세게 걷어찼다. 그러고는 미친 듯화를 내며 투덜대더니 죽어 가는 개는 개미와 까마귀가 뜯어 먹게 내버려 둔 채 수레를 밀며 느릿느릿 오르막을 올라갔다.

　그날은 루뱅(벨기에 중부에 위치한 브라반트 주의 도시. — 옮긴이)에서 축제가 열리기 전날이었다. 주인은 장터에서 좋은 자리를 차지하기 위해 길을 서둘렀다. 힘세고 참을성 많은 파트라슈를 잃고 루뱅까지 직접 힘들게 수레를 밀게 된 게 분통이 터졌다. 파트라슈를 보살펴야겠다는 생각은 눈곱만큼도 들지 않았다. 죽어 가는 개는 쓸모가 없었다. 그래서 제 주인의 눈을 벗어나 혼자 떠도는 큰 개가 보이면 훔쳐서 파트라슈를 대신할 생각이었다. 사실 파트라슈도 거의 공짜나 마찬가지로 얻어서 2년 동안 해가 뜰 때부터 질 때까지, 여름이나 겨울이나 맑은 날이나 궂은 날이나 쉴 틈 없이 혹독하게 부려 먹었다.

　파트라슈는 꽤 쓸 만했고 돈도 많이 벌게 해주었다. 하지만 교활한 주인은 새들이 파트라슈의 핏발 선 눈을 뜯어 먹을지 모르는데도 마지막 숨을 내쉬는 파트라슈를 혼자 도랑에 내버려 둔 채 자기는 루뱅의 흥겨운 분위기 속에서 구걸하고 훔치고 먹고 마시고 춤추고 노래하기 위해 길을 갔다. 고작 죽어 가는 개, 수레를 끄는 개 한 마리가 고통스러워한다고 해서 돈도 못 벌고 즐기지도 못하고 시간을 낭비할

이유가 어디 있단 말인가?

　파트라슈는 우거진 풀숲 도랑에 던져진 채로 누워 있었다. 그날따라 길은 부산했다. 수많은 사람들이 걷거나 노새나 짐 마차나 수레를 타고 즐거워하며 바삐 루뱅으로 향했다. 그중 엔 파트라슈를 본 사람들도 있었지만 대부분은 보지도 못한 채 지나쳤다. 다 죽어 가는 개는 브라반트에서는 의미가 없었 다. 세상 어디나 마찬가지일 터였다.

　얼마 뒤 축제 인파 속으로 허리가 굽고 기력이 없어 보이는 절름발이 노인이 걸어왔다. 축제에는 어울리지 않는 옷차림이 었다. 행색이 말할 수 없이 초라하고 남루했다. 노인은 즐거움 을 좇는 소란한 사람들 사이로 소리 없이 천천히 발을 끌며 걸 었다. 그러다가 파트라슈를 발견하고는 걸음을 멈췄다. 어찌 된 일인지 궁금해하던 노인은 길을 벗어나 도랑의 무성한 풀 과 잡초 속에 무릎을 꿇고는 안쓰러움이 담긴 다정한 눈으로 그 개를 살폈다. 노인 곁에는 발그레한 얼굴에 눈동자가 짙은

두세 살가량의 금발 머리 아이가 있었다. 아이는 제 가슴께까지 오는 풀숲 속으로 종종거리며 오더니 소리 없이 누운 가련하고 거대한 짐승을 꽤나 심각한 얼굴로 가만히 바라보았다.

꼬마 넬로와 덩치 큰 개 파트라슈는 그렇게 처음 만났다.

결국 그날 예한 다스 할아버지는 들판 가까이에 있는 자신의 작은 오두막으로 파트라슈를 끙끙대며 끌고 와서는 정성껏 돌보았다. 열기와 갈증과 피로로 정신을 잃었던 파트라슈는 그늘에서 어느 정도 휴식을 취하자 건강과 힘을 되찾았고, 다시 튼튼한 황갈색 네 다리로 비틀거리며 일어섰다.

파트라슈는 몇 주일이나 쓸모없고 힘없고 아프고 다 죽어가는 상태였지만, 험한 말도 듣지 않았고 매질도 받지 않았다. 단지 자신을 가여워하는 어린아이의 중얼거림과 다정히 어루만져 주는 노인의 손길만을 느꼈을 뿐이었다.

파트라슈가 앓아누운 동안 외로운 노인과 해맑은 어린아이는 파트라슈를 더욱 세심하게 보살폈다. 파트라슈를 위해 오두막 한구석에 건초를 깔아 잠자리를 만들어 주었으며, 한밤이면 혹시나 하는 마음에 파트라슈의 숨소리에 유심히 귀를 기울였다. 좀 나아져서 파트라슈가 힘없고 갈라진 소리로 컹컹 짖었을 때는 함께 웃었으며, 확실히 건강을 되찾았다는 생각이 들었을 때는 눈물을 흘릴 만큼 기뻐했다. 넬로는 기쁨에

겨워 수레의 가죽끈에 털과 살갗이 쓸려 상처투성이인 파트라
슈의 목을 끌어안고 보드랍고 붉은 입술로 입을 맞췄다.

파트라슈는 수척해지긴 했지만 힘세고 다부진 모습으로 다
시 일어섰다. 그리고 그동안 정신을 차리라는 욕설도, 어서 일
하라는 매질도 받지 않았다는 사실을 깨닫자 우수에 찬 큰 눈
에 잔잔한 놀라움이 떠올랐다. 마음속에는 커다란 사랑이 솟
아났고, 목숨이 다하는 날까지 할아버지와 손자에게 충성을
다하겠다고 마음먹었다.

파트라슈는 개였지만 고마워할 줄 알았다. 파트라슈는 자리
에 누워 진지하고 온화하고 깊은 갈색 눈으로 할아버지와 넬
로의 행동을 바라보며 오래도록 생각에 잠겼다.

군인 출신인 할아버지는 젖소를 키우는, 형편이 좀 나은 이
웃들의 우유 통을 작은 수레에 실어 매일 안트베르펜까지 절

뚝거리며 날라다 주는 일 말고는 생계를 위해 할 수 있는 일이 없었다. 마을 사람들이 할아버지의 사정을 봐서 일감을 준 것이긴 했지만, 더 정확하게는 정직한 할아버지에게 우유 배달을 맡기고 자신들은 집에서 정원을 가꾸거나 젖소며 닭, 오리를 돌보고 텃밭을 일구는 편이 좋아서였다. 하지만 할아버지에게는 그 일도 힘에 부쳤다. 연세가 여든셋인데다 안트베르펜까지 5km는 족히 되었기 때문이다.

수레의 가죽끈 때문에 생긴 목의 상처가 아직 아물지 않았지만 이제 제법 건강해진 파트라슈는 햇살 아래 엎드려 있다가 우유 통을 나르는 모습을 유심히 지켜보았다.

다음 날 아침, 파트라슈는 할아버지가 수레로 오기도 전에 일어나서는 수레 손잡이 사이에 자리를 잡고 섰다. 그렇게 이제껏 보살펴 준 보답으로 일을 하고 싶고, 또 잘할 수 있다는

뜻을 몸으로 분명히 전했다. 할아버지는 개를 묶어 일을 부리는 것은 자연의 섭리에 맞지 않는 부끄러운 짓이라고 여겼기에 한참을 마다했다. 하지만 파트라슈는 물러서지 않았다. 할아버지와 넬로가 마구를 씌워 주지 않자 파트라슈는 이빨로 수레를 끌려고 했다.

마침내 할아버지도 자신을 구해 준 것에 감사하는 파트라슈의 끈질긴 마음을 받아들였다. 할아버지는 파트라슈가 수레를 편히 끌 수 있도록 고쳐 주었고, 그 후로 파트라슈는 매일 아침 수레 끄는 일을 하게 되었다.

겨울이 되자 할아버지는 루뱅에서 축제가 있던 날, 도랑에서 죽어 가는 파트라슈를 만나게 된 축복과도 같은 행운에 깊이 감사했다. 할아버지는 연로한 데다 해가 갈수록 쇠약해져서 파트라슈가 힘을 다해 부지런히 일해 주지 않으면 눈길이나 수레바퀴가 푹푹 빠지는 진흙탕 길에서 수레를 끌지 못했을 터였다. 이런 생활조차 파트라슈에게는 천국 같은 날들이었다. 예전 주인 밑에서 엄청난 무게의 짐을 끌며 한걸음 내디딜 때마다 채찍질을 당해 온 파트라슈였기에 늘 부드러운 손길과 다정한 말을 건네주는 자상한 할아버지 옆에서 밝은 놋쇠 우유 통이 실린 작고 가벼운 초록색 수레를 끄는 일은 즐거운 놀이나 다름없었다. 게다가 오후 서너 시쯤 되면 일이 끝나서 나머지 시간은 뭘 하든 자유였다. 기지개를 켜거나 따스한 햇살을 받으며 잠을 자거나 들판을 돌아다니거나 넬로와 뜀박질을 하거나 다른 개들과 놀 수도 있었다. 파트라슈는 더없이 행복했다.

전 주인이 메헬렌(벨기에의 도시 중 하나. ─ 옮긴이)에서 열린 축제에서 술에 취해 싸우다 죽은 사건은 파트라슈에게 있어 다행스러운 일이었다. 이제 사랑이 가득한 새 보금자리에 사는 파트라슈를 찾아다니거나 귀찮게 할 사람은 아무도 없었다.

몇 년이 지나자 늘 절뚝거리며 걷던 할아버지는 류머티즘으로 다리가 굳어 더 이상 수레를 끌 수 없었다. 그래서 이제 여섯 살이 된, 할아버지와 여러 번 같이 다녀 안트베르펜을 잘 아는 어린 넬로가 할아버지 일을 대신했다. 넬로는 우유를 판 돈을 우유 주인에게 갖다 주는 일을 예의 바르고 성실하게 했으며, 그 모습을 지켜보는 사람들마다 넬로를 기특하게 여겼다.

이 아르덴 꼬마는 진지하고도 부드러운 짙은 눈동자에 발그

레한 뺨, 목덜미까지 늘어진 금발이 무척 아름다운 아이였다. 그래서 많은 화가들 이 넬로와 파트라슈가 지나가는 모습을 스케치했다. 테니르스 씨, 미리스 씨, 반 탈 씨네 집 놋쇠 우유 통이 실린 초록색 수레와 마구에 달린 종 을 경쾌하게 울리며 지나가는 황갈색 커다란 개, 조그맣고 하 얀 발에 커다란 나막신을 신은 채 루벤스(바로크 회화의 거장 화가 페테르 파울 루벤스를 말한다. ─ 옮긴이)의 그림에 나오는 귀여운 아 이처럼 온화하고 의젓하고 천진하고 행복한 얼굴로 그 옆을 달리는 작은 아이의 모습을 자신들의 화폭에 담았다.

넬로와 파트라슈는 즐거운 마음으로 일을 곧잘 해냈다. 그 래서 여름이 되어 몸이 괜찮아진 할아버지가 다시 일을 나설 필요가 없었다. 할아버지는 그저 햇빛 드는 문간에 앉아서 넬 로와 파트라슈가 마당 쪽문을 나서는 모습을 지켜볼 뿐이었 다. 그러고는 졸기도 하다가 꿈을 꾸기도 하다가 짧게 기도도 하다가 괘종시계가 종을 세 번 치면 정신을 차리고는 둘이 돌 아오는 모습을 바라보곤 했다. 집에 돌아오면 파트라슈는 마 구를 벗고 기쁨에 들떠 컹컹 짖으며 몸을 흔들어 댔고, 넬로는 그날 있었던 일을 자랑스럽게 할아버지에게 들려주었다. 그 런 다음 안으로 들어가 호밀빵에 우유나 수프를 먹었고, 너른 들판 위로 그림자가 길게 드리워지고 땅거미가 아름다운 성모 대성당 첨탑을 뒤덮는 모습을 보았다. 그리고 할아버지가 기도를 하는 동안 함께 누워 평화롭게 잠이 들었다.

그렇게 날이 가고 해가 지나는 동안 넬로와 파트라슈는 행복하고 순수하고 건강한 나날을 보냈다.

봄과 여름에는 특히나 더 즐거웠다. 플랜더스는 경치가 그리 아름다운 곳은 아니었다. 루벤스의 그림에 나오는 도시 중 가장 볼품없는 도시라고 할 만했다. 밋밋한 들판 위로 밀과 유채, 목초지와 밭이 지루하게 반복될 뿐이었다. 그나마 애처로운 종소리를 울리는 삭막한 회색 종탑이나 이삭이 든 보따리를 든 사람과 나뭇단을 진 나무꾼이 들판을 가로지르는 그림 같은 모습 외에는 그 어디에서도 변화를 느낄 수 없었고 다른 모습이나 아름다운 풍경을 찾기 힘들었다. 그래서 산이나 숲 속에 사는 사람들은 끝없이 지루하게 펼쳐진 광대하고 적막한 평원에 갇힌 듯한 압박감을 느꼈다. 하지만 땅은 푸르고 무척 비옥했으며, 넓은 지평선은 단조롭고 지루한 가운데서도 나름의 매력을 지니고 있었다. 물가 수풀 속에는 꽃들이 피고 나무들도 키를 뽐내며 싱그럽게 자랐고,
해를 등진 시커먼 화물선들의 커다란
선체가 물위를 미끄러지면 배 위의 작

은 초록색 통들과 다양한 색깔의 깃발은 나뭇잎과 대비되어 화려한 풍경을 자아냈다. 어쨌거나 넓고도 푸른 이곳은 넬로와 파트라슈에게는 충분히 아름다웠다. 넬로와 파트라슈는 일을 마친 뒤 운하 옆 무성한 풀밭에 파묻히듯 누워 여름 꽃향기 사이로 짐을 가득 실은 배들이 상쾌한 바닷소금 내를 풍기며 오가는 모습을 지켜보는 것 말고는 아무것도 바라지 않았다.

하지만 겨울은 혹독했다. 넬로와 파트라슈는 깜깜한 새벽, 살을 에는 추위 속에 일어나야 했고 끼니를 제대로 챙겨 먹는 날이 거의 없었다. 날이 따뜻할 땐, 포도가 열린 적은 없어도 꽃이 피고 열매 맺는 계절 내내 포도넝쿨이 풍성한 초록빛으로 멋지게 뒤덮인 오두막은 꽤 괜찮아 보였다. 하지만 추운 겨울밤의 오두막은 헛간보다 나을 게 없었다. 겨울이 되면 바람은 작고 허름한 오두막 벽에 난 수많은 구멍을 찾아 파고들었

고, 포도넝쿨은 검게 변하고 잎이 떨어졌으며, 헐벗은 땅은 더욱 을씨년스럽고 황량해 보였다. 가끔은 마룻바닥에도 물기가 배어들어 얼어붙기도 했다. 겨울은 힘든 계절이었다. 넬로의 조그맣고 하얀 팔다리는 눈 때문에 감각을 잃었고, 용감하고 지치지 않는 파트라슈도 얼음 조각에 발을 벴다.

그래도 넬로와 파트라슈는 한탄하지 않았다. 넬로는 나막신을 신고, 파트라슈는 네 다리로 마구에 달린 종소리를 울리며 얼어붙은 들판을 함께 씩씩하게 걸었다. 때로는 안트베르펜 거리에서 어떤 아주머니가 수프 한 그릇과 빵 한 조각을 갖다 주거나 집으로 돌아가는 길엔 마음 좋은 어떤 상인이 땔감용 장작을 수레에 던져 주기도 하고, 둘이 배달한 우유를 나눠 주는 마을 여자도 있었다. 그러면 넬로와 파트라슈는 어스름이 깔린 하얀 눈밭을 밝고 행복한 얼굴로 환성을 지르며 달려가 집으로 뛰어들곤 했다.

대체로 넬로와 파트라슈의 생활은 순조로웠다. 파트라슈는 도로나 거리에서 새벽부터 밤까지 애써 일하면서도 매질과 욕지거리만 듣고 살다가 굶어 죽거나 얼어 죽어서야 고통에서 해방되는 개들을 많이 보았다. 그래서 자신의 운명에 무척 감사했으며 이보나 더 멋지고 훌륭한 삶은 없다고 생각했다. 비록 잠자리에 들 때면 지독한 배고픔에 자주 시달리고, 한여름

땡볕이나 겨울 새벽 쨍한 추위 속에서도 일을 해야 하고, 울퉁불퉁한 돌길의 날카로운 모서리에 걸핏하면 발이 다치고, 힘에 부치거나 하기 싫은 일도 해야 했지만 파트라슈는 감사했고 만족했다. 파트라슈는 날마다 제 할 일을 충실히 했고, 사랑하는 사람들은 파트라슈를 웃음 띤 눈으로 바라보았다. 파트라슈는 그걸로 충분했다.

하지만 그런 파트라슈에게도 마음에 걸리는 일이 하나 있었다. 안트베르펜은 구불구불한 뒷골목은 물론 길 입구나 선술집들 사이사이 그리고 강가나 바닷가까지 오래되고 웅장한 시커먼 석조물들이 가득했다. 그 위로 하늘 높이 종소리가 울리고 아치 모양 문에서는 이따금 음악 소리가 가득 퍼져 나왔다. 불결하고 분주하고 북적대고 추잡하고 돈거래가 오가는 속에 온종일 구름이 떠다니고 새가 맴돌고 바람이 한숨을 쉬는 곳에 찬란한 옛 사원들이 있었고, 그 아래 루벤스가 잠들어 있었다.

이 거장의 위대함은 여전히 안트베르펜에 남아서 좁은 거리 어디로 들어서건 그 영광을 간직하고 있어서 하찮은 것들도 모두 거룩하게 변하게 했다. 꼬불꼬불한 길을 빠져나와 잔잔한 물가를 지나고 악취 나는 뒷골목을 천천히 걸을 때에도 그 거장의 고결한 정신은 늘 함께했다. 한때 루벤스가 걸어 다니고 그림자를 드리웠던 돌들도 살아나서 생생한 목소리로 그에

대한 이야기를 주고받는 듯했다. 루벤스가 잠든 이 도시는 그를 통해서 우리에게 생생하게 느껴졌다.

루벤스의 희고 웅장한 무덤 주위는 너무나 조용했다. 오르간 소리가 울릴 때와 성가대가 큰 소리로 〈성모마리아 찬가〉나 〈주여, 불쌍히 여기소서〉를 부를 때 말고는 더없이 고요했다. 루벤스의 고향 심장부에 있는 성 자크 성당에서 마련한 루벤스의 대리석 무덤보다 더 훌륭한 묘석을 가진 예술가는 분명 없을 터였다.

루벤스가 없다면 안트베르펜이 무슨 의미가 있을까? 지저분하고 음침하고 부산한 시장은 부두에서 일하는 장사꾼 말고는 아무도 거들떠보지 않을 터였다. 루벤스가 있기에 이 도시는 세상 사람들에게 신성한 이름, 성스러운 땅이 되었고, 예술의 신이 깨달음을 얻은 베들레헴이자 예술의 신이 잠든 골고다(그리스도가 죽은 곳. ― 옮긴이)가 되었다.

이 세상의 모든 나라들이여! 위대한 인물을 고귀하게 여기기를. 오로지 그들 덕분에 나라가 기억되리니. 플랜더스는 지혜로웠다. 플랜더스가 낳은 가장 위대한 인물인 루벤스는 살아서 이 땅을 빛냈고, 죽은 뒤에는 플랜더스가 그의 이름을 찬미한다. 그러나 그런 지혜로움은 쉽게 찾아보기 힘들다.

파트라슈의 근심은 여기에 있었다. 넬로는 복작복작한 지붕

들 위로 장엄하게 솟은 거대한 석조 건물을 수도 없이 찾았고 아치 모양의 어두운 입구로 사라지곤 했다. 그동안 길 위에 홀로 남겨진 파트라슈는 둘도 없는 단짝의 마음을 그토록 사로잡는 것이 무엇인지 하릴없이 생각했다. 한두 번 수레를 덜거덕거리며 안으로 들어가 보려고 했지만 그때마다 은줄이 달린 검은 제복 차림의 키 큰 문지기 손에 즉시 쫓겨났다. 파트라슈는 자기 때문에 어린 주인에게 곤란한 일이라도 생기면 어쩌나 싶어 더 시도하지 않고 넬로가 나올 때까지 성당 앞에서 묵묵히 엎드려 기다렸다. 하지만 파트라슈의 고민은 넬로가 성당에 간다는 사실이 아니었다. 사람들이 성당에 가는 건 파트라슈도 잘 알았다. 마을 사람들 모두가 빨간 풍차 맞은편에 있는, 금방이라도 무너질 듯한 작은 회색 성당에 다녔던 것이다. 파트라슈의 마음을 불편하게 하는 것은 성당에서 나올 때마다 몹시 상기되어 있거나 창백해 보이는 넬로의 이상한 모습이었다. 성당에 갔다가 집에 돌아오는 날이면 넬로는 언제나 말없이 앉아 몽상에 잠긴 채 놀지도 않고 운하 저편 저녁 하늘을 멍하니 바라보았다. 그 모습이 차분하다 못해 슬퍼 보이기까지 했다.

파트라슈는 그 이유가 궁금했다. 어린아이가 그토록 심각해지는 것이 바람직하거나 자연스런 일은 아니라고 생각했기에

말은 못해도 넬로가 햇살이 내리쬐는 들판이나 분주한 시장 거리에 있게 하려고 애를 썼다. 하지만 넬로는 꼬박꼬박 성당을 찾았고, 그 성당은 바로 성모 대성당이었다. 파트라슈는 캥탱 마시(16세기 초 안트베르펜 유파를 창시한 플랑드르의 화가. 종교화와 초상화를 주로 그렸음. ─ 옮긴이) 집의 철문 옆 돌바닥 위에 홀로 남아 기지개도 켜고 하품도 하고 한숨도 쉬고 가끔은 울부짖기도 했지만, 문 닫을 시간이 되어 넬로가 어쩔 수 없이 나올 때까지는 아무런 소용이 없었다. 밖으로 나온 넬로는 파트라슈의 목을 끌어안고 넓은 황갈색 이마에 입을 맞추며 늘 같은 말을 중얼거리곤 했다.

"파트라슈, 그것들을 볼 수 있으면 얼마나 좋을까! 그것들을 볼 수만 있다면!"

그것들이 무얼까? 파트라슈는 연민과 안타까움이 담긴 커다란 눈으로 넬로를 바라보며 생각했다.

그러던 어느 날, 성당 문지기가 잠시 자리를 비운 사이 파트라슈는 살짝 열린 문 사이로 넬로를 따라 들어갔다가 알게 되었다. '그것들'은 성가대석 양쪽으로 천에 덮인 채 걸려 있는 거대한 그림 두 점이었다.

넬로는 황홀경에 빠진 채 제단에 있는 성모승천 그림 앞에 무릎을 꿇고 있다가 파트라슈가 들어온 것을 알아채고는 자리

에서 일어나 파트라슈를 데리고 살그머니 밖으로 나왔다. 얼굴은 눈물로 젖은 채였고 천에 가려진 그림들을 지나칠 때는 그것을 올려다보며 파트라슈를 향해 투덜거렸다.

"가난해서 돈을 못 낸다는 이유만으로 그림을 볼 수 없다니 정말 너무해! 그분은 분명 가난한 사람들은 못 보게 하겠다는 생각으로 저 그림들을 그리진 않았을 거야. 우리가 언제라도 매일 그림을 보길 바랐을 거라고. 그런데도 사람들은 저 아름다운 그림을 천으로 덮어 어둠 속에 가둬 놓고 있어! 부자가 와서 돈을 내지 않으면 빛도 들지 않고 아무도 못 보게 말이야. 난 저 그림들을 볼 수만 있다면 죽어도 좋아."

하지만 넬로는 그림을 볼 수가 없었고 파트라슈도 도울 길이 없었다. 넬로와 파트라슈로서는 〈십자가에 올려지는 그리스도〉와 〈십자가에서 내려지는 그리스도〉를 보는 값으로 성당에서 요구하는 돈을 구하기란 성당의 뾰족탑을 오르는 만큼이나 불가능했다. 한 푼도 모을 수 있는 형편이 아니었다. 아무리 노력해도 난로에 넣을 장작과 묽은 수프거리를 마련하는 정도밖에는 되지 않았다. 하지만 넬로의 마음은 천에 가려진 루벤스의 위대한 그림을 보고 싶다는 격렬하고도 끝없는 열망에 사로잡혀 있었다.

아르덴 소년의 마음은 온통 예술에 대한 열정으로 설레고

요동쳤다. 해가 뜨기 전이나 사람들이 일어나지도 않은 이른 새벽에 이집 저집 우유를 팔기 위해 커다란 개와 함께 오래된 도시를 누비는 넬로의 모습은 평범한 시골 소년에 불과했지만, 루벤스를 신처럼 여기며 천국 같은 꿈에 빠져 있었다. 맨발에 나막신만 신은 채 추위와 배고픔에 시달리고 겨울바람이 곱슬머리를 파고들며 얇고 허름한 옷자락을 들추어도 넬로는 황홀한 사색에 빠져 승천하는 성모 마리아의 아름다운 얼굴과 어깨 위에 너울거리는 금발과 이마를 비추는 영원한 태양빛만을 볼 뿐이었다. 가난 속에서 자라고 운명과 맞서 싸우며 글도 배우지 못하고 사람들의 주목도 받지 못했지만, 넬로는 보상인지 저주인지 모를 이른바 천부적인 재능을 지니고 있었다.

그것은 누구도 알지 못한 사실이었다. 넬로 스스로도 몰랐다. 아무도 알지 못했다. 늘 넬로와 함께하는 파트라슈만이 넬로가 돌 위에 석필로 그림을 그리면 그 그림들이 생생히 살아나거나 숨 쉬는 것을 보았으며, 짚으로 만든 침대에서 위대한 거장의 영혼에게 중얼거리며 수줍고도 애처로운 기도를 올리는 소리를 들었고, 저녁놀이나 발그레 밝아오는 새벽녘에 환하게 빛나는 얼굴과 함께 어두워지는 눈빛을 지켜보았다. 또한 맑고 어린 두 눈에서 이름 모를 야릇한 슬픔과 기쁨이 뒤섞인 뜨거운 눈물이 자신의 주름진 황색 이마에 떨어지는 것을 수도 없이 느꼈다.

할아버지는 침대에 누워 넬로에게 몇 번이나 말했다.

"넬로야, 네가 커서 이 오두막과 땅을 가지고 스스로 일을 하며 '나리'라는 소리를 듣고 산다면 이 할아비가 편안히 눈을 감겠구나."

조금이라도 땅을 가지고 있어서 지주라는 뜻으로 '나리'라고 불리는 것이야말로 플랜더스 농부들에게는 가장 큰 성공인 셈이었다. 젊은 시절 세상을 떠돌다 빈손으로 돌아온 이 노병은 한곳에서 만족해하며 소박하게 살다 죽는 것이 늘그막에 사랑하는 손자를 위해 바랄 수 있는 가장 멋진 삶이라 여겼다. 하지만 넬로는 대답이 없었다.

다른 시대에 루벤스, 요르단스, 반 에이크 형제를 비롯한 모든 거장들을 낳은, 더 가깝게는 뫼즈 강이 디종(프랑스 중부의 미술 도시. ―옮긴이)의 오랜 성벽을 씻어 주는 아르덴의 푸른 시골에서 〈파트로클로스〉를 그린 화가이자 너무 가까이 있는 탓에 그 위대함을 제대로 평가받지 못하는 훌륭한 예술가(자크 루이 다비드를 가리킴. ―옮긴이)를 낳은 어떤 기운이 넬로의 안에서 꿈틀대고 있었다.

넬로는 얼마 안 되는 땅을 경작하고 윗가지로 엮은 지붕 아래 살며 자기보다 좀 더 가난하거나 덜 가난한 사람들로부터

'나리' 소리를 들으며 사는 삶과는 다른 미래를 꿈꾸었다. 붉게 물든 저녁 하늘이나 희붐한 잿빛 아침에 들판 너머로 우뚝 솟은 성모 대성당의 첨탑은 넬로에게 다른 이야기를 들려주었다. 하지만 넬로는 파트라슈에게만 이런 이야기를 했다. 새벽 안개를 뚫고 함께 일을 하러 갈 때나 사락거리는 강가 수풀 속에 같이 누워 쉴 때 넬로는 파트라슈의 귀에 대고 자신의 꿈을 아이답게 속삭였다.

그 꿈은 사람들이 공감하도록 말하기가 쉽지 않은데다 오두막 한구석에서 누워만 지내는 가난한 할아버지를 당황하게 만들고 걱정만 끼칠 게 뻔했다. 태양 아래 이곳저곳을 떠돌다 플랜더스로 흘러온 이방인인 할아버지는 안트베르펜 거리를 거닐다 주머니를 털어 흑맥주를 마시는 술집 벽에 걸린 파란색과 빨간색으로 대충 그린 성모 마리아 그림을 제단 위의 유명한 그림만큼이나 좋게 생각하는 분이었다.

파트라슈 말고도 넬로가 자신의 대담한 꿈을 전부 털어놓을 수 있는 대상이 한 명 더 있었다. 풀이 무성한 언덕 위 오래된 빨간 방앗간에 사는 알루아라는 어린 소녀였다. 소녀의 아버지인 방앗간 주인은 마을에서 가장 수완이 좋은 사람이었다. 알루아는 부드럽고 동그랗고 발그레한 얼굴에 짙고 고운 눈이 사랑스러운 아이였다. 스페인 통치 이후 플랜더스 사람들 대

부분이 그런 눈을 갖게 되었다. 알바 총독의 지배 아래에서 웅장한 저택과 장엄한 정원, 집 정면의 금도금한 문틀이나 창틀의 조각 장식을 통해 스페인 예술이 이 땅 곳곳에 넓게 퍼진 것과도 같았다. 그것은 눈부신 장식에 깃든 역사이며 돌에 새겨진 시였다.

알루아는 넬로와 파트라슈와 자주 어울렸다. 셋은 들판에서 놀기도 하고, 눈밭을 달리기도 하고, 데이지 꽃과 월귤나무 열매를 모으기도 하고, 오래된 회색 성당에도 함께 가고, 방앗간의 큰 장작불 옆에 앉아 있을 때도 많았다. 사실 알루아는 마을에서 제일 부잣집 아이였다. 형제가 없었으며 푸른 드레스는 구멍난 곳이 한 군데도 없었다. 축제날 장에 가면 금박을 입힌 견과류와 설탕 묻힌 과자를 손에 잡히는 만큼 가질 수 있었다. 첫 영성체를 하러 갔을 때에는 옛날 어머니와 할머니가 쓰시던 최고급 메헬렌 레이스로 된 미사포로 곱슬거리는 금발을 덮었다. 이제 겨우 열두 살밖에 안 됐는데도 아들을 둔 사람들은 알루아가 좋은 배필감이라며 벌써부터 떠들어 댔다. 하지만 알루아는 명랑하고 순진한 아이였을 뿐, 유산에는 조금도 관심이 없었고 넬로와 파트라슈만큼 사랑하는 친구도 없었다.

어느 날, 선량하지만 엄한 구석이 있는 알루아의 아버지 코제 나리가 방앗간 뒤 너른 풀밭에서 놀고 있는 아이들에게로 다가왔다. 풀밭에는 그날 베어 낸 건초가 쌓여 있었다. 어린 딸은 무릎에 파트라슈의 커다란 황갈색 머리를 올려놓고 건초 더미 속에 앉아 있었고, 주위에는 양귀비꽃과 파란 수레국화로 만든 화환들이 흩어져 있었다. 넬로는 깨끗하고 매끄러운 소나무 널빤지에 숯으로 그 모습을 그리는 중이었다.

방앗간 주인은 자리에 서서 자신이 사랑하는 외동딸을 신기할 정도로 닮은 그림을 글썽거리는 눈으로 바라보았다. 그러더니 엄마가 찾는데 밖에서 빈둥거린다며 알루아를 호되게 나무란 뒤 겁에 질려 우는 딸을 집 안으로 들여보냈다. 그리고 돌아서서는 넬로의 손에서 나무판을 낚아채며 물었다.

"어째서 이런 어리석은 짓을 하느냐?"

방앗간 주인의 목소리가 떨렸다. 넬로가 얼굴을 붉히며 고개를 숙였다.

"전 눈에 보이는 건 다 그리거든요."

넬로가 작게 중얼거렸다.

방앗간 주인은 잠시 아무 말이 없다가 이윽고 1프랑이 든 손을 내밀었다.

"장담하건대 그림 그리는 일은 어리석은 짓이고 시간 낭비일 뿐이야. 그래도 알루아를 닮았으니 알루아 엄마가 기뻐하

겠구나. 이 돈을 받고 그림을 내게 다오."

넬로의 얼굴이 하얗게 변했다. 넬로가 고개를 들며 손을 등 뒤로 감추었다.

"돈도 그림도 다 가져가세요, 코제 나리. 저한테 그동안 잘 대해 주셨잖아요."

넬로가 천진하게 말했다. 그러고는 파트라슈를 불러 들판을 가로질러갔다.

"그 돈이면 성당의 그림을 볼 수 있었을 텐데. 하지만 아무리 그래도 알루아의 그림을 팔 수는 없었어."

넬로가 파트라슈에게 속삭였다.

코제 씨는 괴로운 마음으로 방앗간으로 들어갔다. 그날 밤 그는 아내에게 말했다.

"그 녀석이 알루아랑 너무 가까워져서는 안 돼. 앞으로 성가신 일이 생길지도 몰라. 이제 녀석은 열다섯 살이고 알루아도 벌써 열두 살이야. 게다가 녀석은 미끈하게 잘생겼단 말이야."

"착하고 성실하기까지 하지요."

참나무 뻐꾸기시계와 밀랍 그리스도 수난상과 함께 난로 위 선반에 놓인 넬로가 그린 소나무 판을 유심히 바라보며 알루아의 엄마가 대꾸했다.

"그래, 그건 맞아."

백랍으로 만든 술병을 비우며 코제 씨가 말했다.

"그렇다면 당신이 생각하는 일이 일어난다고 해서 큰 문제가 될까요? 알루아는 둘이 살기에 충분한 유산을 받을 테고, 세상에 행복만큼 좋은 것도 없잖아요."

알루아의 엄마가 주저하며 말했다.

"멍청한 여자 같으니라고!"

코제 씨가 담배 파이프로 탁자를 탁 치며 거칠게 내뱉었다.

"그 녀석은 아무것도 없는 거지야. 게다가 화가가 되겠다는 꿈을 꾸고 있으니 거지보다도 더 못하지. 앞으로 둘이 같이 못 어울리게 신경 좀 써. 안 그러면 알루아를 수녀원에 보내 버릴 테니까."

가여운 알루아의 어머니는 겁에 질린 나머지 남편의 뜻에 따르겠다며 고분고분 약속했다. 하지만 그녀는 딸이 그토록 좋아하는 친구를 일부러 떼어 놓을 수는 없었으며, 알루아의 아버지 역시 가난한 죄밖에 없는 넬로를 가혹하게 대할 생각은 없었다. 하지만 이런저런 방법으로 알루아를 단짝과 가까이 지내지 못하게 했다. 그러자 자존심 강하고 과묵하고 섬세한 넬로는 이내 마음의 상처를 입었고, 시간이 날 때마다 파트라슈와 함께 언덕 위 오래된 빨간 방앗간으로 향하곤 하던 발길을 끊었다. 자신이 무엇을 잘못했는지는 몰랐지만 풀밭에서

알루아를 그렸던 일이 알루아 아버지의 심기를 거스른 게 아닌가 생각했다. 그리고 자신을 좋아하는 알루아가 달러와 손을 잡으면 서글픈 미소를 지으며 자신보다 알루아를 더 걱정하는 따스한 마음으로 이렇게 말하곤 했다.

"안 돼, 알루아. 아버지를 화나게 하지 마. 아버지는 나 때문에 네가 빈둥거린다고 생각하서. 그래서 우리 둘이 함께 있는 걸 달가워하지 않으신 거야. 네 아버지는 좋은 분이고 널 많이 사랑하시니까 화나게 해서는 안 돼, 알루아."

말은 그렇게 했지만 넬로의 마음은 슬펐다. 먼동이 트는 아침에 파트라슈와 함께 포플러나무 밑으로 곧게 뻗은 길을 걸어갈 때도 예전처럼 세상이 그렇게 빛나 보이지 않았다. 넬로에게는 오래된 빨간 방앗간이 이정표였다. 오가는 길에 방앗간 사람들과 인사를 나누기 위해 잠시 멈춰서면 야트막한 쪽문으로 알루아가 작은 금발 머리를 내밀며 분홍빛 조그만 손으로 파트라슈에게 줄 뼈다귀나 빵 조각을 건네곤 했다. 하지만 이제 파트라슈는 닫힌 문을 간절하게 바라볼 수밖에 없었고, 넬로는 쓰린 마음을 안고 방앗간을 묵묵히 지나쳐 갔다. 안에서는 알루아가 난로 옆 조그만 의자에 앉아 뜨개질을 하며 뜨개질감 위에 눈물을 뚝뚝 흘렸고, 곡식을 담는 자루와 방앗간 기계 틈에서 일하던 코제 씨는 마음을 다지며 혼잣말을 하곤 했다.

"이게 최선의 방법이야. 그 녀석은 빈털터리에다 게으르고 어리석은 꿈을 꾸고 있어. 앞으로 어떤 골치 아픈 일이 생길지 누가 알아?"

코제 씨는 세상 돌아가는 일을 잘 알았으므로 아주 가끔 공식적인 경우를 제외하고는 문에 걸어 놓은 빗장을 풀지 않았다. 그것은 넬로와 알루아에게 가혹하고도 슬픈 일이었다. 둘은 같이 노는 모습을 지켜봐 주고 꿈 이야기를 들어주는 유일한 존재이자, 목줄에 달린 놋쇠 방울을 점잖게 흔들어 가며 동물적인 감각으로 기분을 맞춰 주던 파트라슈와 함께 날마다 즐겁고 해맑고 행복하게 인사하고 이야기하고 시간을 보내던 일상에 오랫동안 익숙해 있었기 때문이다.

이런 상황에서도 그 작은 소나무 판은 여전히 방앗간 부엌 난로 위 뻐꾸기시계와 밀랍 그리스도 수난상과 함께 놓여 있었다. 때문에 넬로는 정작 선물을 준 자신은 거부당하는 현실이 때로는 이해가 가지 않았다.

하지만 넬로는 불평하지 않았다. 원래 말수가 적기도 했고 예한 다스 할아버지가 늘 넬로에게 이렇게 말했기 때문이다.

"우린 가난하단다. 좋은 것이든 나쁜 것이든 신이 주신 것을 받아들여야 해. 가난뱅이들에겐 선택권이 없단다."

할아버지를 공경하는 넬로는 언제나 잠자코 그 말을 들었지만, 넬로의 마음속에서는 천재성을 지닌 아이들을 매혹하는 듯한 희미하고 달콤한 희망의 소리가 속삭였다.

"때로는 가난한 사람도 선택할 수 있어. 훌륭한 사람이 되는 길을 선택하면 남들에게 거부당하지 않을 수 있지."

순수한 마음을 간직한 넬로는 그렇게 믿었다. 어느 날, 알루아가 운하 옆 밀밭에 홀로 앉은 넬로를 우연히 발견하고는 달려와 넬로를 끌어안고는 애처롭게 흐느꼈다. 다음 날이 자신의 영명 축일인데, 해마다 함께 저녁도 먹고 넓은 헛간에서 뛰어놀며 축하하는 자리에 부모님이 처음으로 넬로를 초대하지 않았기 때문이다. 넬로는 알루아에게 입을 맞추며 확신에 찬 목소리로 속삭였다.

"알루아, 언젠가는 달라질 거야. 너희 아버지가 가지고 계신 내 작은 소나무 판이 언젠가는 돈이 되는 날이 올 거야. 그때는 그분도 내가 못 들어오게 문을 닫진 않으실 거야. 네가 영원히 날 사랑하기만 한다면, 그렇게만 한다면 난 위대한 사람이 될 거야."

"내가 사랑하지 않으면?"

훌쩍이던 알루아가 샐쭉하더니 여자애 특유의 애교를 부리며 물었다.

하지만 넬로의 시선은 알루아의 얼굴을 떠나, 붉은색과 황금색이 어우러진 플랜더스의 밤하늘 높이 솟은 성모 대성당의 첨탑을 헤매고 있었다. 그 얼굴에 띤 미소가 너무 아름답고도 슬퍼 보여서 알루아는 경외심마저 들었다.

"그래도 난 위대한 사람이 될 거야. 안 그러면 죽고 말 거야, 알루아."

넬로가 낮은 소리로 대꾸했다.

"날 사랑하지 않는구나."

응석받이 알루아가 넬로를 밀치며 말했다. 넬로는 고개를 저으며 미소 짓고는 높이 자란 누런 밀밭을 헤치며 걸어갔다. 언젠가 이 정든 옛 땅에 돌아왔을 때 알루아의 가족들에게 거부당하지 않고 존중받는 모습을, 자신을 보러 몰려온 마을 사람들이 서로에게 이렇게 말하는 장면을 떠올렸다.

"자네, 넬로 보았나? 세상이 알아주는 위대한 화가가 되니 왕이 따로 없구먼. 가난뱅이에다 파트라슈가 아니면 끼니도 잇지 못하던 그 불쌍하고 어린 넬로가 말이야."

할아버지께는 모피로 자줏빛 옷을 지어 드리고, 성 자크 성당의 성 가족 그림에 나오는 노인처럼 초상화를 그려 드리면 어떨까 생각했다. 파트라슈에게는 금으로 된 목줄을 걸어 주고 오른쪽 옆자리에 앉힌 다음 사람들에게 "한때 이 개는 제 유

일한 친구였습니다."라고 말하는
상상도 했다. 그리고 성모 대
성당 첨탑이 보이는 언덕
위에 거대한 하얀 대리석
궁전을 짓고 화려한 정원도
꾸며서 자신 대신 가난하고
친구도 없지만 위대한 꿈을
지닌 아이들을 불러 살게

하고는 그들이 자신에게 고마움을 전하려 할 때마다 이렇게
말하고 싶었다.

"아니에요. 제가 아니라 루벤스 님께 감사드리세요. 그분이
아니었으면 지금의 저는 없었을 테니까요."

불가능하지만 아름답고 순수하며 이기심이라고는 전혀 없
는, 거장에 대한 경배로 가득한 이 꿈들이 걸음을 내디딜 때마
다 생생하게 다가와 넬로는 행복했다. 알루아의 슬픈 영명 축
일에조차도 행복했다. 그날, 넬로와 파트라슈가 단둘이 작고
컴컴한 오두막으로 돌아가 흑빵으로 끼니를 때우는 동안 방앗
간에서는 온 마을 아이들이 노래하고 웃으며 크고 둥근 디종
케이크와 브라반트의 아몬드 생강 빵을 먹었고 별이 뜰 때까지
넓은 헛간에서 플루트와 바이올린 연주에 맞춰 춤을 추었다.

넬로가 파트라슈의 목에 팔을 두른 채 오두막 문간에 앉아 말했다. 방앗간의 흥거운 소리가 밤공기를 타고 들려왔다.

"신경 쓰지 마, 파트라슈. 괜찮아. 모든 게 차차 달라질 거야."

넬로는 미래를 믿었다. 하지만 경험도 많고 세상 이치도 더 잘 아는 파트라슈는 잔치에 초대받지 못한 지금의 상실감이 젖과 꿀이 흐르는 막연한 미래의 꿈으로 보상되기는 어렵다고 생각했다. 그래서 코제 씨 옆을 지날 때마다 으르렁거리곤 했다.

"오늘이 알루아의 영명 축일 아니냐?"

그날 밤, 오두막 구석 침대에 누워 있던 할아버지가 물었다.

넬로가 맞다는 몸짓을 해보였다. 넬로는 할아버지의 기억력이 떨어져서 그런 일일랑 정확히 몰랐으면 했다.

"그런데 왜 안 갔어? 한 번도 빠진 적이 없었잖니, 넬로?"

할아버지가 캐물었다.

"할아버지가 이렇게 편찮으신데 어떻게 가요?"

넬로가 침대 쪽으로 잘생긴 얼굴을 돌리며 웅얼거렸다.

"쯧쯧! 전처럼 눌레트 부인이 와서 있으면 되는데 그러는구나. 이유가 뭐니, 넬로? 설마 알루아한테 언짢은 소리라도 한 건 아니겠지?"

할아버지가 계속 물었다.

"아뇨, 그건 절대 아니에요, 할아버지."

넬로가 얼른 대답하며 붉어진 얼굴을 숙였다.

"사실은 코제 나리가 이번에는 저를 부르지 않으셨어요. 잠시 저한테 마음이 상하셔서요."

"잘못한 일이 없는데도?"

"제가 알기론 없어요. 나무판에 알루아의 초상화를 그린 게 다거든요."

"아!"

할아버지는 말이 없었다. 넬로의 순진한 대답이 진실을 일깨워 주었던 것이다. 윗가지로 엮은 오두막 한구석에서 건초 침대에 꼼짝없이 누워 있는 신세이긴 해도, 세상물정을 다 잊은 것은 아니었다.

할아버지는 평소보다 더 다정한 손길로 넬로의 금발 머리를 품에 안으며 말했다.

"얘야, 넌 가진 게 없단다. 너무 가난해! 네가 감당하기엔 벅찬 일이구나."

할아버지가 더 늙고 떨리는 목소리로 말했다.

"아니에요. 전 부자예요."

넬로가 조용히 말했다. 넬로는 순수한 마음으로, 자신이 왕보다도 더 막

강한 불멸의 힘을 지닌 부자라고 생각했다. 고요한 가을 밤, 넬로는 오두막 문간에 서서 별 무리와 키 큰 포플러나무가 바람에 흔들리고 전율하는 모습을 지켜보았다. 방앗간의 창문 밖으로 불빛이 환하게 새어나왔고 간간이 플루트 소리가 들려왔다. 넬로도 아직 어린 까닭에 눈물이 뺨을 타고 흘러내렸다. 그래도 넬로는 미소 지으며 중얼거렸다.

"언젠가는!"

온 세상이 고요하고 어두워질 때까지 넬로는 그곳에 서 있었다. 그런 다음 파트라슈와 함께 안으로 들어가 나란히 누워 길고도 깊은 잠에 빠져들었다.

넬로에게는 파트라슈만 아는 비밀이 하나 있었다. 오두막에는 넬로 말고는 아무도 들어가지 않는 작은 헛간이 있었다. 황량하지만 북쪽에 난 창으로 빛이 잘 들어오는 곳이었다. 그곳에서 넬로는 거친 판재로 서투르나마 이젤을 만들었고, 머릿속에 든 수많은 공상 중 하나를 종이라는 광활한 잿빛 바다 위에 펼쳐 놓았다. 누구한테 그림을 배운 적도 없었고, 물감을 살 돈도 없었다. 지금 가지

고 있는 몇 안 되는 조잡한 미술 도구도 끼니를 숱하게 거르며 겨우 마련한 처지였다. 그나마도 검정색이나 흰색으로밖에 표현할 수 있을 뿐이었다. 넬로가 이곳에서 석필로 그린 훌륭한 그림은 쓰러진 나무에 앉아 있는 노인의 모습이었다. 그게 전부였다. 나무꾼인 미셸 할아버지가 저녁에 그렇게 앉아 있는 모습을 많이 보았던 것이다. 선이나 원근법, 해부학, 명암에 대해 가르쳐 주는 사람은 없었지만, 넬로는 약하고 지친 사람들과 슬픔을 조용히 감내하는 사람들, 가난한 사람들에게 자신의 서글픈 마음을 투영했다. 그렇기에 죽은 나무 위에 앉아 홀로 명상에 잠긴 그 외로운 노인의 모습은 저물어 가는 어두운 밤을 배경으로 한 편의 시가 되었다.

물론 어떤 면에서는 투박하고 흠도 많은 게 사실이었다. 하지만 그림은 사실적이면서도 자연스러웠고, 예술적이고 애잔하기 그지없었으며 아름다웠다.

파트라슈는 하루 일이 끝나면 가만히 엎드려 조금씩 그림이 완성되어 가는 모습을 지켜보았다. 그리고 넬로가 해마다 안트베르펜에서 주최하는, 상금 200프랑이 걸린 미술 대회에 이 훌륭한 그림을 공모하려 한다는 사실을 알게 되었다. 헛되고 무모할진 몰라도 넬로로서는 더없이 간절한 소망이었다. 그 대회에는 학자든 농부든 상관없이 열여덟 살 미만의 재능 있는 젊은이라면 누구나 석필이나 연필로 자신이 직접 그린 그림을 출품할 수 있었다. 루벤스의 도시, 안트베르펜에서 실력이 가장 뛰어난 화가 세 명이 심사위원이 되어 최고 작품을 뽑았다.

봄, 여름, 가을 내내 넬로는 이 그림에 매달렸다. 만약 수상을 하게 된다면 자립할 돈도 생기고, 아무것도 모르지만 맹목적이고 열정을 다해 동경했던 예술이라는 미지의 세계를 향해 첫걸음을 내디디게 될 터였다.

넬로는 아무에게도 말을 하지 않았다. 할아버지는 이해하지 못할 테고 알루아는 만날 수가 없었다. 그래서 파트라슈에게만 모든 걸 털어놓으며 속삭였다.

"루벤스 님이 아신다면 나한테 상을 주실지도 몰라."

파트라슈도 그렇게 생각했다. 루벤스가 개를 사랑하지 않았다면 개를 그렇게 섬세하게 그리지는 못했을 거라 믿었다. 그리고 파트라슈가 아는 한, 개를 사랑하는 사람은 언제나 정이 많았기 때문이다.

그림은 12월 1일까지 제출해야 했고, 24일에 발표가 날 예정이었기에, 대회 수상자는 주위 사람들과 함께 크리스마스를 즐겁게 보내게 될 터였다.

바람이 매섭게 불던 어느 황혼 녘, 넬로는 두근대는 가슴과

성급한 기대와 기절할 듯한 두려움을 안고 작은 초록색 우유 수레에 그 훌륭한 그림을 실은 다음, 파트라슈의 도움을 받아 도시로 가져가서 규정대로 한 공회당 문 앞에 내려놓았다.

'어쩌면 내 그림은 전혀 가치가 없을지도 몰라. 내가 어떻게 알 수 있겠어?'

넬로는 생각했다.

막상 그림을 두고 오자니, 부끄러운 마음이 마구 들면서 의기소침해졌다. 글자만 겨우 깨친 맨발의 어린 소년이 훌륭한 화가들, 진짜 예술가들이 자신의 그림을 봐주기를 바란다는 게 너무 무모하고 헛되고 어리석은 일처럼 여겨졌다. 하지만 성모 대성당 앞을 지나가며 넬로는 자신감을 되찾았다. 안개와 어둠 속에서 루벤스의 위풍당당한 모습이 나타나 어렴풋이 그 위용을 드러내는가 싶더니, 입가에 온화한 미소를 띤 채 이렇게 속삭이는 듯했기 때문이다.

"아냐, 용기를 내! 지금까지 내가 안트베르펜에 이름을 남길 수 있었던 건 나약한 마음이나 막연한 두려움 때문이 아니었단다."

넬로는 차가운 밤을 달려 집으로 돌아왔고 마음의 안정을 찾았다. 넬로는 할 수 있는 한 최선을 다했다. 이제 나머지는 버드나무와 포플러나무에 둘러싸인 작은 회색 성당을 다니며

순수하고 신실한 믿음 속에서 배운 대로 신의 뜻에 맡겨야 한다고 생각했다.

그해 겨울은 일찍부터 추위가 매섭게 몰아쳤다. 그날 밤, 넬로와 파트라슈가 오두막에 도착한 후 내리기 시작한 눈이 몇 날 며칠 이어지더니 들판의 밭둑과 길의 경계를 모조리 지워버렸다. 조그만 시냇물 모두 얼어붙었고 맹렬한 추위가 지상을 강타했다. 온 세상이 캄캄한 시각에 마을을 돌아다니며 우유를 받은 뒤 어둠을 뚫고 고요한 도시까지 배달하는 일은 실로 고된 일이 되었다. 파트라슈는 특히 더 힘들었다. 시간이 흐를수록 넬로는 더 힘이 세졌지만, 파트라슈는 나이가 들어 관절이 뻣뻣하고 뼈마디도 걸핏하면 쑤셨던 것이다. 그래도 파트라슈는 자기 몫의 일을 결코 포기하지 않았다. 넬로는 파트라슈가 힘들지 않게 수레를 직접 끌려고 했지만, 파트라슈는 한사코 마다했다. 바퀴 자국이 얼어붙은 땅을 지날 때 넬로가 뒤에서 수레를 밀어 주는 정도만 허락했다. 파트라슈는 평생 일을 하며 살았고 그 사실을 자랑스럽게 여겼다. 서리와 울퉁불퉁한 길, 다리 통증으로 엄청난 괴로움에 시달릴 때도 파트라슈는 그저 심호흡만 하고는 굵은 목을 숙인 채 꿋꿋한 인내심으로 걸어갈 뿐이었다.

"파트라슈, 집에서 쉬고 있어. 이제 쉬어도 돼. 나 혼자서도 수레를 잘 끌 수 있어."

넬로는 아침이면 몇 번이나 파트라슈에게 이렇게 말했다. 하지만 넬로의 마음을 잘 아는 파트라슈는 돌격 신호가 들릴 때 꾀를 부리지 않는 노병처럼 그 말을 따르지 않았다. 날마다 일어나기만 하면 수레 손잡이 사이에 떡 하니 자리를 잡았고, 숱한 세월 동안 둥그런 네 발이 자국을 남겨 온 눈 덮인 들판을 따라 터벅터벅 걸었다.

'죽을 때까지 쉬어선 안 돼.'

파트라슈는 이렇게 생각했다. 때로는 쉴 날이 그리 멀지 않게 느껴지기도 했다. 눈도 예전만큼 잘 보이지 않았고, 그동안 한순간도 뭉그적거린 적은 없었지만 성당의 종이 다섯 번 울리며 새벽 일이 시작되었음을 알릴 때 잠자리에서 일어나는 게 고통스러웠기 때문이다.

"불쌍한 파트라슈, 우리도 곧 편안하게 잠들게 될 게다."

변변치 못한 빵 한 조각이라도 늘 나눠 주던 늙고 쭈글쭈글한 손을 뻗어 파트라슈의 머리를 어루만지며 할아버지가 말했다. 노인과 늙은 개는 한 가지 생각으로 마음이 아팠다. 자신들이 세상을 떠나면 사랑하는 넬로는 누가 돌봐 줄까?

어느 날 오후, 넬로와 파트라슈는 눈에 덮여 대리석처럼 딱딱하고 미끄럽게 변한 플랜더스 평원을 지나 안트베르펜에서

돌아오다가 길에서 작고 예쁜 목각 인형을 주웠다. 탬버린을 연주하고 있는 모습을 한 15cm 정도 되는 인형은 주황색과 금색이 어우러졌고, 운명의 여신이 사람을 버렸을 때 망가지는 것과는 달리 떨어지면서 부서지거나 상처난 곳이 없었다. 예쁜 인형이었다. 주인을 찾을 수 없었던 넬로는 알루아에게 주면 좋아할 거라는 생각이 들었다.

방앗간에 갔을 때는 밤이 제법 깊은 시각이었다. 넬로는 알루아의 방에 난 작은 창문을 알고 있었다. 오랫동안 친구로 지낸 사이니까 자신이 발견한 소중한 물건을 알루아에게 주어도 별 일 없으리라 생각했다. 알루아 방의 여닫이창 밑에는 지붕이 경사진 창고가 있었다. 넬로는 그 지붕을 기어올라가 격자창을 가볍게 두드렸다. 창으로 희미한 빛이 보였다. 알루아가 조심스럽게 창문을 열더니 살짝 놀란 얼굴로 밖을 내다보았다.

넬로가 알루아의 손에 인형을 쥐어 주며 속삭였다.

"눈길에서 발견한 인형이야. 알루아, 네게 줄게. 하느님의 은총이 함께할 거야!"

넬로는 알루아가 고맙다는 인사를 하기도 전에 창고 지붕을 미끄러져 내려와 어둠 속으로 내달렸다.

그런데 그날 밤, 방앗간에 불이 나고 말았다. 방앗간과 살림

집은 괜찮았지만 바깥 헛간과 많은 밀이 타 버렸다. 온 마을 사람들이 겁에 질려 뛰쳐나왔고, 안트베르펜에서 소방차가 눈길을 헤치고 달려왔다. 방앗간 주인은 보험에 든 덕에 손해 볼게 없었지만 불같이 화를 내며 화재는 우연한 사고가 아니라 누군가 고의로 저지른 짓이라고 단정 지었다.

잠에서 깬 넬로도 다른 사람들과 함께 불을 끄는 것을 도우러 달려갔다. 그러자 코제 씨가 넬로를 한쪽으로 밀어붙이며 거칠게 추궁했다.

"어두워진 뒤 네가 이 근처를 기웃거리고 있었지. 화재에 대해 너만큼 잘 아는 사람은 없을 텐데."

넬로는 어안이 벙벙하여 멍한 얼굴로 아무 대꾸도 없이 듣고만 있었다. 설마 진담으로 그런 말을 할까 싶었지만 그렇다고 그런 상황에서 농담을 할 수 있다는 것도 이해가 되지 않았다.

그런데 다음 날, 코제 씨는 많은 이웃들 앞에서 공개적으로 넬로에 대해 악담을 퍼부었다. 때문에 넬로에게 심각한 책임을 묻지 않았다고는 해도 어두워진 뒤 방앗간에서 무슨 짓을 하려는 넬로를 보았다느니, 알루아와의 교제를 반대해서 넬로가 코제 씨에게 앙심을 품었다느니 하는 소문이 마을에 파다하게 퍼졌다. 사람들은 마을에서 제일 부자인 지주의 말을 굽실거리며 따랐고, 언젠가 알루아가 물려받을 유산이 그들의 아들을 위해서 온전하기를 바랐으므로 넬로에게 딱딱한 표정을 짓고 차가운 말을 내뱉는 것이 유리하다는 사실을 눈치챘다. 넬로에게 대놓고 뭐라 하는 이는 없었지만, 온 마을 사람들이 방앗간 주인의 편견에 비위를 맞춰 주었다. 그래서 넬로와 파트라슈가 매일 아침 안트베르펜으로 싣고 갈 우유를 받는 농가와 농장에서는 언제나처럼 환한 미소와 유쾌한 인사말을 건네는 대신 눈을 내리깔거나 간단한 말만 건넸다. 사실 방앗간 주인의 말도 안 되는 의심을 진짜로 믿는 사람이나 진심으로 넬로가 한 짓이라고 믿고 심하게 비난하는 사람은 없었다. 하지만 다들 너무 가난했고 무지했으며, 마을에서 유일한 부자가 넬로에 대해 나쁘게 말했던 게 화근이었다. 외톨이에다 순진하기만 한 넬로는 사람들의 부당한 처사를 막을 힘이 없었다.

"넬로에게 너무 잔인하군요. 그 아이는 순수하고 성실해서 아무리 마음이 상했다고 해도 그런 나쁜 짓은 꿈도 못 꿀 아이라고요."

방앗간 주인의 아내가 눈물을 흘리며 용기 내어 말했다.

고집불통인 코제 씨는 속으로는 자신이 부당한 짓을 하고 있다는 걸 알았지만, 한번 내뱉은 말은 절대로 거둬들이는 법이 없었다.

한편 넬로는 불평하는 것은 떳떳하지 못한 비겁한 태도라는 생각에 인내심으로 사람들로부터 받은 상처를 담담하게 참아 냈다. 다만 늙은 파트라슈와 단둘이 있을 때에만 속내를 살짝 내보였다. 또 이런 생각도 했다.

'내 그림이 상을 받는다면! 그땐 아마 사람들도 나한테 미안 해할 거야.'

하지만 아직 열여섯 살이 안 된, 짧은 생애 동안 누구에게나 사랑받고 칭찬받으며 어린 시절을 보낸 아이에게 그 작은 세계 전체가 등을 돌리는 일은 혹독한 시련이었다. 눈에 갇히고 굶주림에 시달리는 추운 겨울은 특히 힘들었다. 난로 옆이나 이웃들의 다정한 인사 속에서만 빛과 온기를 찾을 수 있었기 때문이다. 겨울이 되자 넬로와 파트라슈를 제외한 모든 사람들이 더욱 가깝게 지냈다. 이제는 아무도 둘을 상대하지 않았고, 넬로와 파트라슈만이 작은 오두막에서 거동도 못하고 몸 져누운 할아버지를 돌보아야만 했다. 장작불은 자주 사그라졌고 끼니를 거를 때도 많았다. 어느 날 안트베르펜에서 새로운 상인이 노새를 끌고 와 여러 농가의 우유를 거두어 갔고, 단지 서너 집만이 그가 내건 판매 조건을 거절하고 작은 초록색 수레와의 신의를 지켰다. 그런 까닭에 파트라슈가 끄는 짐은 아주 가벼워졌고, 슬프지만 넬로의 주머니 속에 들어오는 돈도

줄어들고 말았다.

파트라슈는 평소처럼 낯익은 대문 앞에 멈춰서도 문이 열리지 않자 간절한 눈길로 묵묵히 대문을 올려다보았다. 이웃들 역시 문도, 마음도 모두 닫은 채 파트라슈가 빈 수레를 끌고 가게 하자니 마음이 아팠다. 그런데도 코제 씨에게 잘 보이고 싶은 마음에 그렇게 했다.

크리스마스가 코앞으로 다가왔다. 기온이 뚝 떨어지고 추위가 매서웠다. 눈이 2m 가까이 쌓였고, 어디에나 소와 사람이 다녀도 될 만큼 얼음이 꽁꽁 얼었다. 이맘때가 되면 이 작은 마을에는 늘 즐거움과 활기가 넘쳤다. 제일 가난한 사람의 집에도 우유 술(와인이나 맥주를 넣어 응고시킨 뜨거운 우유로 중세시대에서 19세기까지 영국에서 유행함.—옮긴이)과 케이크가 있었고, 농담을 주고받거나 춤을 추었으며, 설탕을 입힌 성자와 금박을 입힌 그리스도상이 있었다. 말방울이 어디서나 흥겹게 딸랑거렸고, 집 안에서는 솥 안 가득 수프가 화덕 위에서 김을 내며 보글보글 끓었다. 눈길 위에는 화사한 스카프를 두르고 두꺼운 외투를 입은 아가씨들이 깔깔거리며 종종걸음으로 미사를 보러 오갔다. 오직 이 작은 오두막만이 어둡고 추울 뿐이었다.

크리스마스를 앞둔 어느 날 밤, 죽음이 오두막을 찾아와 가난과 고통밖에 모르고 살았던 할아버지를 영원히 데려가 버렸다. 이제 세상천지에 넬로와 파트라슈 둘만 남게 되었다. 할아버지는 오랫동안 반쯤 죽은 사람처럼 여린 몸짓 말고는 거동도 못하고 기운이 없어 말도 제대로 못했다. 하지만 할아버지의 죽음은 넬로와 파트라슈에게 엄청난 충격을 안겨 주었고, 그 슬픔은 너무도 컸다. 자다가 숨을 거둔 탓에 희붐한 새벽이 되어서야 그 사실을 알게 된 넬로와 파트라슈는 말할 수 없는 외로움과 적막감에 휩싸였다. 몸을 못 쓰는 힘없고 가련한 노인이 되어 보호자로서의 역할을 못하게 된 지는 오래전이지만, 할아버지는 넬로와 파트라슈를 무척 사랑했으며 집에 돌아오면 늘 웃는 얼굴로 둘을 맞아 주었다. 흰 눈이 내린 겨울날, 넬로와 파트라슈는 작은 회색 성당 옆의 이름 없는 무덤까지 할아버지의 관을 따라가며 하염없이 슬퍼했다. 그 무엇도 둘을 위로해 줄 수는 없었다. 친구 하나 없이 남겨

진 어린 소년과 늙은 개만이 할아버지의 죽음을 애도할 뿐이었다.

'이제는 저이도 마음이 풀려서 그 불쌍한 아이가 못 오게 하지 않겠지?'

방앗간 집 안주인은 난롯가에서 담배를 피우는 남편을 흘깃 쳐다보며 생각했다.

코제 씨도 아내의 생각을 잘 알았지만 마음을 다잡고는, 작고 초라한 장례 행렬이 집 앞을 지나가는데도 끝끝내 빗장을 풀지 않았다. 코제 씨가 중얼거렸다.

"저 녀석은 거지야. 알루아 옆에 얼쩡거리게 해서는 안 돼."

아내는 입 밖으로 아무 말도 못했지만, 장례가 끝나고 넬로와 파트라슈가 떠나고 나자 국화로 만든 화환을 알루아의 손에 들려 주며 아무런 표시도 없이 흰 눈만 쌓인 음울한 흙무덤에 고이 놓고 오라고 시켰다.

넬로와 파트라슈는 찢어지는 마음을 안고 집으로 돌아왔다. 하지만 초라하고 우울하고 을씨년스러운 오두막조차 둘을 위로해 주지 못했다. 집세가 한 달 밀려 있었지만 장례 비용으로 모두 써버린 탓에 남은 돈도 없었다. 집주인은 일요일 밤마다 코제 씨의 집에 가서 함께 와인을 마시고 담배를 피우는 구두장이였다. 넬로는 주인을 찾아가 사정을 봐달라며 애원했다.

하지만 그는 평소 인정을 베푸는 사람이 아니었다. 무자비하고 인색한데다 돈을 밝혔다. 집세를 못 냈으니 오두막에 있는 솥, 냄비, 나무 막대기, 돌멩이 하나까지도 다 내놓으라고 요구했다. 그리고 내일 당장 오두막을 비우라고 다그쳤다.

오두막은 더없이 초라하고 비참한 모습이었지만, 넬로와 파트라슈에게는 애정이 담뿍 담긴 공간이었다. 그곳에서 보낸 나날은 무척 행복했다. 포도넝쿨이 우거지고 콩이 꽃을 피우는 여름이면 환한 햇살이 내리쬐는 들판 가운데 있는 오두막은 눈이 부실 만큼 근사했다. 일과 가난으로 생활은 힘들어도 넬로와 파트라슈의 마음은 부족함 없이 즐거웠고 늘 미소로 맞아 주는 할아버지를 향해 함께 달려가곤 했다.

캄캄한 밤, 불기 없는 난로 옆에서 넬로와 파트라슈는 몸을 붙인 채 슬픔과 온기를 나누었다. 몸은 추위에 감각을 잃었고 마음도 몸속에서 얼어붙어 버린 듯했다.

싸늘하고 흰 땅 위로 크리스마스이브 아침이 밝아왔다. 넬로가 몸을 부르르 떨며 하나뿐인 친구를 끌어안았다. 뜨거운 눈물이 파트라슈의 이마 위로 뚝뚝 떨어졌다. 넬로가 나직이 말했다.

"가자, 파트라슈. 쫓겨날 때까지 기다리지 말고 가자."

파트라슈는 넬로의 뜻에 따랐고, 둘은 정든 보금자리와 초

라하고 소박하지만 아끼고 사랑했던 모든 것을 남긴 채 슬픈 모습으로 나란히 집을 나섰다. 초록색 수레 옆을 지날 때 파트라슈가 고개를 떨어뜨렸다. 이제는 자기 것이 아니었기 때문이다. 집세를 갚기 위해 그것도 남겨 두고 가야 했던 것이다. 놋쇠로 된 마구도 눈 위에서 반짝이고 있었다. 파트라슈는 마음이 너무 아픈 나머지 마구 옆에 누워 죽고 싶었지만, 넬로가 살아서 자신을 필요로 하는 그날까지는 포기하지 않고 버티리라 마음먹었다.

넬로와 파트라슈는 안트베르펜으로 향하는 익숙한 길을 걸었다. 날이 밝으려면 아직 이른 시간이라 덧문은 대부분 닫혀 있었지만 거리를 돌아다니는 사람도 몇몇 눈에 띄었다. 하지만 넬로와 파트라슈가 지나가는 모습을 눈여겨보는 이는 없었다. 넬로가 어느 집 앞에서 걸음을 멈추더니 간절한 눈빛으로 안을 기웃거렸다. 할아버지가 생전에 정을 많이 베풀었던 집이었다.

"파트라슈에게 빵 부스러기라도 좀 주시겠어요? 노쇠한데다 어제 아침부터 아무것도 못 먹어서요."

넬로가 머뭇거리며 조심스레 말을 꺼냈다.

여자가 황급히 문을 닫으며 올 겨울에는 밀과 호밀 값이 비싸다는 말을 중얼거렸다. 넬로와 파트라슈는 다시 힘없이 걸음을 옮겼다. 그리고 더 이상 누구에게도 부탁하지 않았다.

느릿느릿 힘겹게 걸은 끝에 넬로와 파트라슈는 종이 열 번 울릴 때에야 안트베르펜에 도착했다.

'뭐라도 있었으면 팔아서 파트라슈에게 빵을 사줄 수 있었을 텐데!'

넬로는 생각했다. 하지만 가진 것이라곤 입고 있는 옷가지와 나막신 한 켤레가 전부였다.

파트라슈가 그 마음을 알았는지, 어떤 고통이나 가난에도 걱정하지 말라는 듯 넬로의 손에 코를 갖다 댔다.

미술 대회 수상자는 정오에 발표될 예정이었다. 넬로는 소중한 그림을 두고 왔던 공회당으로 향했다. 건물 계단과 현관 홀은 이미 젊은이들로 북적거렸다. 넬로와 비슷한 또래도 있고 더 큰 아이도 있었지만 하나같이 부모나 친척, 친구와 함께였다. 그들 사이를 걸어가는 넬로의 마음은 두려움으로 어지러웠다. 넬로는 파트라슈 옆에 바짝 붙어 걸었다. 안트베르펜에 있는 큰 놋쇠 종들이 일제히 울리며 정오를 알렸다. 안쪽 홀의 문이 열리자, 가슴 졸이며 이제나저제나 결과를 기다리던 사람들이 안으로 몰려 들어갔다. 수상 작품은 나무 단상 위에 걸릴 예정이었다.

부연 게 눈앞을 가리는가 싶더니 넬로는 머리가 빙글거리고 팔다리에 힘이 쑥 빠지는 기분이었다. 시야가 선명해지자 높이 걸린 그림이 눈에 들어왔다. 하지만 그것은 자신의 그림이 아니었다! 느릿하면서도 낭랑한 목소리로 수상자가 안트베르펜 출신 부두 관리인의 아들인 스테판 키슬링어라는 사실을 알리고 있었다.

넬로가 정신을 차렸을 땐 돌바닥에 쓰러진 상태였고, 옆에 선 파트라슈가 온갖 방법으로 넬로를 깨우려 애쓰고 있었다. 멀리서 안트베르펜의 젊은이들이 수상을 차지한 친구를 둘러싼 채 소리를 질렀고 부둣가에 있는 집까지 따라가며 박수갈채를 보냈다.

넬로는 비틀거리며 일어나 파트라슈를 끌어안고는 속삭였다. "이제 모두 끝났어, 파트라슈. 모든 게 다!"

굶주림으로 약해진 넬로는 있는 힘을 다해 기운을 차렸다. 그리고 마을로 다시 발걸음을 옮겼다. 파트라슈도 허기와 슬픔에 지쳐 머리를 축 늘어뜨린 채 늙은 다리로 흐느적거리며 옆에서 걸었다.

눈이 펑펑 쏟아지기 시작했다. 북쪽에서 매서운 눈보라가 몰려왔다. 들판에서 죽을 수도 있을 만큼 혹독하게 불어닥쳤다. 익숙한 길을 가는 데도 한참이 걸리는 바람에 마을에 이르자 벌써 네 시를 알리는 종소리가 들렸다. 갑자기 파트라슈

가 걸음을 멈추었다. 눈 속에서 무슨 냄새를 맡았는지 끙끙거리며 긁어 대더니 이빨로 작은 갈색 가죽 지갑을 끄집어냈다. 어둠 속에서 파트라슈는 넬로를 향해 그것을 들어 올렸다. 마침 옆에는 작은 그리스도 수난상이 서 있고 십자가 밑에서 등불이 희미하게 타오르고 있었다. 넬로는 무심히 불빛 쪽으로 지갑을 돌렸다. 겉에는 코제나리의 이름이 써져 있었고 안에는 2,000프랑의 지폐가 들어 있었다.

정신이 아득해져 있던 넬로는 살짝 정신이 들었다. 넬로는 셔츠 속에 지갑을 찔러 넣은 다음 파트라슈를 쓰다듬고는 다시 길을 갔다. 파트라슈가 간절한 표정으로 넬로의 얼굴을 올려다보았다.

넬로는 곧장 방앗간을 찾아가 나무 문을 두드렸다. 안주인이 흐느끼며 문을 열었고, 알루아는 엄마의 치맛자락을 붙잡고 서 있었다.

"불쌍한 넬로 아니냐?"

안주인이 눈물을 흘리며 다정하게 말했다.

"바깥양반의 눈에 띄기 전에 가거라. 오늘 밤 우리 집에 속상한 일이 있단다. 나리가 말을 타고 오던 길에 지갑을 떨어뜨려서 찾으러 나가셨거든. 하지만 이 눈 속에 무슨 수로 찾겠니? 그 돈이 없으면 우리는 파산한 거나 마찬가지야. 너한테 한 짓 때문에 하늘이 벌을 내리신 게지."

넬로가 안주인에게 돈지갑을 건네고는 파트라슈를 집 안으로 불렀다.

"파트라슈가 오늘 저녁에 그 돈을 찾았어요."

넬로가 황급히 말했다.

"코제 나리께 그렇게 전해 주세요. 나리께서도 이렇게 늙은 개에게 잠자리와 먹이를 주실 거라 믿습니다. 파트라슈가 절 따라오지 못하게 해주세요. 부디 파트라슈를 잘 부탁드립니다."

넬로의 말이 무슨 뜻인지 안주인이나 파트라슈가 미처 알아채기도 전에 넬로가 몸을 구부려 파트라슈에게 입을 맞췄다. 그러고는 서둘러 문을 닫고 깊어 가는 밤의 어둠 속으로 사라져 버렸다.

안주인과 알루아는 기쁨과 두려움으로 할 말을 잃은 채 서 있었다. 파트라슈가 괴로워하며 빗장이 걸린, 참나무 판자에 쇠를 두른 문에다 헛되이 분풀이를 해댔다. 두 사람은 빗장을 풀어 파트라슈를 내보낼 엄두를 못 내고 파트라슈를 달래기 위해 애를 썼다. 달콤한 케이크와 신선한 고기를 주기도 하고,

제일 좋은 것들로 관심을 끌려고도 하고, 따뜻한 난로 옆에 있게 하려고도 해봤지만 아무 소용이 없었다. 파트라슈는 편안하게 있거나 문 옆에서 움직이려고 하지 않았다.

마침내 코제 씨가 맞은편 입구에서 몹시 지치고 상심한 모습으로 아내에게 돌아온 시각은 저녁 여섯 시였다.

"완전히 잃어버렸어."

코제 씨의 뺨은 창백했고 가라앉은 목소리는 떨렸다.

"등불을 들고 곳곳을 훑었는데도 없어. 알루아에게 남겨 줄 몫까지 전부 다 잃어버렸어!"

알루아의 엄마가 남편에게 돈을 건네며 자초지종을 설명했다. 완고한 코제 씨가 몸을 떨며 자리에 주저앉더니 부끄러움과 두려움이 가득한 얼굴을 묻었다.

이윽고 코제 씨가 중얼거렸다.

"그동안 얼마나 모질게 굴었는데. 난 그 애한테 도움 받을 자격이 없어."

알루아가 용기를 내 아버지에게 살며시 다가가서는 곱슬한 금발 머리를 기대며 속삭였다.

"넬로가 다시 올지도 모르잖아요, 아버지. 늘 그랬듯 내일 다시 올지도 몰라요."

코제 씨가 딸을 꼭 끌어안았다. 거칠고 그을린 얼굴은 무척 창백했고 입술은 떨고 있었다.

"그래, 그래. 크리스마스에 우리 집에서 지내게 해야지. 아니 언제라도 좋아. 신이시여, 제가 그 아이에게 진 빚을 갚을 수 있게 도와주세요. 꼭 신세를 갚겠습니다."

알루아는 고맙고 기쁜 마음에 아버지에게 입을 맞추었다. 그러고는 아버지의 무릎에서 미끄러지듯 내려와 여전히 문만 바라보고 있는 파트라슈에게로 달려갔다.

"그럼 오늘 밤에 파트라슈한테 잘 해줘도 되죠?"

알루아가 아이같이 기뻐하며 소리쳤다.

코제 씨가 진지하게 머리를 끄덕였다.

"그래. 최고로 대접해 주려무나."

완고하기만 했던 코제 씨의 마음은 깊은 감동으로 벅차올랐다.

때는 크리스마스이브였고, 방앗간 집에는 참나무 장작과 땔감, 크림과 꿀, 고기와 빵이 그득했으며, 들보에는 상록수 화환이 걸려 있었다. 그리스도 수난상과 뻐꾸기시계가 크리스마스 장식들 속에서 돋보였으며, 알루아를 위해 만든 작은 종이 등불이며 갖가지 장난감과 화려한 그림종이로 싼 사탕도 있었다. 집 안 어디에나 빛과 온기와 풍족함이 감돌았다. 알루아는 파트라슈가 잘 먹고 잘 쉴 수 있도록 마음을 다했다.

하지만 파트라슈는 따뜻한 곳에 누우려고도, 흥거운 분위기에 동참하려고도 하지 않았다. 배가 몹시 고프고 추웠지만 넬로 없이는 안락함도 음식도 누리지 않으려 했다. 아무리 얼러도 소용이 없었다. 문에 찰싹 기댄 채 달아날 기회만 노릴 뿐이었다.

코제 씨가 말했다.

"그 아이가 그리운가 보구나. 착하다! 착해! 날이 밝으면 내가 곧장 그 애 집에 가보마."

넬로가 오두막을 떠났다는 사실은 파트라슈 말고는 아무도 몰랐다. 넬로가 굶주림과 고통을 혼자 감당하기 위해 가버렸다는 사실을 알아챈 것도 파트라슈뿐이었다.

방앗간 부엌은 무척 따뜻했다. 큼직한 장작들이 난로에서 탁탁 소리를 내며 타올랐다. 저녁으로 통통한 거위 구이와 와인을 먹기 위해 이웃들이 방앗간을 찾았다. 알루아는 내일이면 친구를 다시 만날 수 있다는 기쁨에 들떠 금발을 찰랑거리

며 깡충깡충 뛰어다니고 노래를 불렀다. 코제 씨는 가슴이 벅차오르는 걸 느끼며 촉촉한 눈길로 딸을 보며 미소 지었고, 딸이 좋아하는 친구를 어떻게 돌봐 줄 것인지에 대해 이야기했다. 알루아의 엄마는 차분히 앉아 만족스러운 얼굴로 물레를 돌렸고, 뻐꾸기시계는 유쾌한 소리로 시간을 알렸다. 그 속에서 파트라슈는 귀한 손님으로 머무르며 많은 사람들로부터 반가운 인사를 받았다. 하지만 넬로가 없는 곳에서 그 어떤 안락함이나 풍요로움도 파트라슈의 마음을 움직이지는 못했다.

식탁 위 음식에서 김이 모락모락 오르고 와자지껄한 사람들의 소리가 최고조에 이르러 알루아가 멋진 선물들을 받고 있을 때, 호시탐탐 기회를 엿보던 파트라슈는 새로 온 손님이 빗장을 걸지 않은 틈을 타서 슬그머니 밖으로 나왔다. 그러고는 지치고 약한 다리로 어둡고 혹독한 밤을 뚫고 있는 힘껏 눈길을 달렸다. 파트라슈의 머릿속에는 넬로를 따라가야 한다는 생각뿐이었다. 사람이라면 맛있는 음식과 기분 좋은 온기, 아늑한 잠자리의 유혹에 잠시 쉬었을지도 모르지만 파트라슈의 우정은 달랐다. 파트라슈는 지난날, 한 노인과 어린아이가 길가 도랑에서 다 죽어 가던 자신을 찾아낸 때를 기억하고 있었다.

눈은 밤새 계속 내렸다. 잠시 후면 열 시였다. 넬로의 발자국은 거의 지워지고 없었다. 파트라슈가 넬로의 냄새를 찾아

내는 데는 오랜 시간이 걸렸다. 간신히 찾았는가 하면 금방 놓치고, 놓쳤다가는 다시 찾고, 또 놓치고 찾고 하기를 수도 없이 했다.

몹시도 궂은 밤이었다. 길가 십자가 밑에 켜둔 등불은 바람에 꺼졌고, 거리는 빙판으로 변했다. 칠흑 같은 어둠이 사람 사는 흔적을 모조리 덮었고, 밖에는 살아 있는 것들이라곤 없었다. 소들은 전부 우리에 들어가 있었고, 오두막과 농가의 사람들은 집 안에서 잔치를 벌이며 즐기고 있었다. 혹독한 추위 속에 밖에 나와 있는 것은 파트라슈뿐이었다. 늙고 허기지고 온몸이 아팠지만, 파트라슈는 크나큰 사랑의 힘과 끈기로 버티며 넬로를 찾아다녔다.

눈이 새록새록 내려 잘 보이진 않았지만, 넬로의 발자국은 안트베르펜으로 가는 익숙한 길로 곧장 이어져 있었다. 파트라슈가 마을 입구를 지나 구불구불하고 좁고 음침한 거리로 흔적을 따라 접어든 때는 밤 열두 시가 넘은 시각이었다. 도시는 깜깜한 어둠에 잠겨 있었다. 덧문 틈새로 불그레한 빛이 새어 나오거나, 술 취한 사람들이 등불을 들고 노래하며 집으로 가는 모습이 간간이 보일 뿐이었다. 거리는 얼음으로 뒤덮여 온통 허옇고, 높은 담과 지붕은 거무스름한 빛을 띠며 대비를 이루었다. 거리를 휩쓸고 지나가는 바람이 삐걱거리는 간판을

때리고 높다란 가로등을 흔들며 내는 요란한 소음 말고는 거의 아무런 소리도 들리지 않았다. 많은 사람들이 눈을 밟고 지나간 데다 많은 길이 서로 엇갈리고 또 엇갈리고 하다 보니 파트라슈가 흔적을 놓치지 않고 따라가기란 여간 힘든 일이 아니었다. 하지만 추위가 뼛속을 파고들고, 뾰족한 얼음에 발이 찢기고, 허기가 쥐처럼 몸을 갉아먹어도 파트라슈는 포기하지 않았다. 형편없이 여윈 몸으로 부들부들 떨면서도 참고 또 참으며 사랑하는 친구의 흔적을 좇았다. 그리고 마침내 시내 한가운데에 있는 성모 대성당의 계단에 이르렀다.

'넬로는 자신이 그토록 원하던 걸 찾아간 거구나.'

파트라슈는 생각했다. 하지만 이해할 수가 없었다. 파트라슈에게 예술에 대한 넬로의 열정은 이해하기 어렵고 신성하기까지 한 것이었지만 한편으로는 마음이 슬픔과 안쓰러운 마음뿐이었다.

성당 문은 자정 미사가 끝난 뒤에도 열려 있었다. 관리인들이 집에 가서 잔치를 즐기거나 자고 싶은 간절한 마음에, 아니면 열쇠를 제대로 돌렸는지도 모를 정도로 너무 졸린 탓에 여러 문 중 하나를 부주의하게 잠그지 않은 것 같았다. 때문에 파트라슈가 찾던 발자국은 성당 안으로 이어졌고 검은 돌바닥 위에 하얀 눈 자국을 남겼다. 파트라슈는 눈이 떨어져 하얀 실처럼 얼어붙은 흔적을 따라 둥근 천장으로 덮인 거대하고도 지극히 고요한 공간을 지났고 성단소로 곧장 나아갔다. 그리고 돌바닥 위에 쓰러져 있는 넬로를 발견했다. 파트라슈가 살며시 다가가 넬로의 얼굴을 건드렸다.

'내가 의리 없이 널 버릴 거라고 생각했니? 내가 개라서?'

파트라슈는 꼭 이렇게 말하는 듯했다.

넬로가 나지막이 울먹이며 몸을 일으키더니 파트라슈를 꼭 끌어안았다.

"여기 누워서 함께 죽자. 사람들한테는 우리가 필요 없어. 우리는 외톨이야."

넬로가 울먹거렸다.

파트라슈는 더 다가가 넬로의 가슴에 머리를 묻는 걸로 대답을 대신했다. 슬픔 어린 파트라슈의 갈색 눈에 그렁그렁 눈물이 어렸다. 그것은 자신을 위한 눈물이 아니었다. 행복했기 때문이다.

넬로와 파트라슈는 살을 에는 추위 속에서 함께 누웠다. 북쪽 바다에서 플랜더스의 둑을 넘어 불어오는 돌풍은 파도치는 얼음처럼 생명이 있는 것들을 모조리 얼려버렸다. 둥근 천장으로 덮인 거대한 석조 건물 안에는 눈 덮인 들판보다 더 매서운 한기가 감돌았다. 이따금 어둠 속에서 박쥐가 날아다니거나 죽 늘어선 조각상 위로 희미한 불빛이 비치기도 했다. 루벤스의 그림 아래에서 넬로와 파트라슈는 꼼짝 않고 누워 추위에 마비된 채 비몽사몽 잠에 빠져들었다. 둘은 여름날 꽃이 만발한 풀밭에서 서로를 쫓아다니던 때를, 물가에 핀 키 큰 갈대 속에 숨듯 앉아 햇살 속에서 바다로 나가는 배를 지켜보던 즐거웠던 날들에 대한 꿈을 꾸었다.

갑자기 눈부시게 하얀 빛이 어둠을 뚫고 넓은 복도를 지나 흘러 들어왔다. 꽉 찬 보름달이 구름 사이로 얼굴을 내민 것이었다. 눈은 이미 그쳤고 눈에 반사된 달빛은 새벽빛만큼이나 선명했다. 달빛은 둥근 천장을 통과해 루벤스의 두 그림을 환하게 비추었다. 넬로가 성당에 들어왔을 때 그림을 덮고 있던 가리개 천을 걷어 버렸던 것이다. 〈십자가에 올려지는 그리스도〉와 〈십자가에서 내려지는 그리스도〉가 한순간 모습을 드러냈다.

넬로가 일어서더니 그림을 향해 두 팔을 뻗었다. 창백한 얼굴에서 기쁨에 찬 눈물이 반짝거렸다.

"드디어 그림을 봤어! 오, 하느님, 이제 됐습니다!"

넬로가 크게 외쳤다. 팔다리에 힘이 풀려 무릎을 꿇긴 했지만 눈은 여전히 숭배하던 걸작을 바라보고 있었다. 짧은 순간이나마 빛은 넬로가 그토록 오랫동안 볼 수 없었던 신성한 그림들을 비춰 주었다. 신의 권좌에서 흘러나온 듯 선명하고 감미로우면서 강렬한 빛이었다. 그러다 갑자기 빛이 사라졌다. 그리고 다시 짙은 어둠이 그리스도의 얼굴을 덮어 버렸다.

넬로가 파트라슈를 끌어안으며 말했다.

"거기 가면 그분의 얼굴을 볼 수 있어. 그분은 우리를 갈라놓지 않을 거야."

　다음 날, 안트베르펜 사람들은 성당의 성단소 옆에서 넬로와 파트라슈를 발견했다. 둘 다 숨진 채였다. 밤의 냉기가 어린 생명과 늙은 개의 생명을 같이 얼려 버렸던 것이다. 크리스마스 아침이 밝자 성당을 찾은 신부들은 돌바닥 위에 함께 누운 소년과 개를 보았다. 고개를 드니 루벤스의 위대한 그림을 덮고 있던 천이 걷혀 있었고, 싱그러운 아침 햇살이 가시 면류관을 쓴 그리스도의 머리를 어루만지고 있었다.

　얼마 후 엄하게 생긴 중년 남자가 찾아와 여자처럼 흐느끼며 말했다.

　"내가 이 아이에게 잔인하게 굴었어요. 이제라도 그 대가를

치르겠습니다. 제 재산의 절반을 내놓겠어요. 아들처럼 대했어야 했는데."

또 얼마가 지나자 씀씀이도 마음도 너그러운 이름난 화가가 찾아와 사람들에게 말했다.

"어제 그 상과 상금을 받았어야 했던 아이를 찾습니다. 보기드문 천재성과 잠재력을 지닌 소년입니다. 황혼 녘에 쓰러진 나무 위에 앉은 나무꾼을 그린 게 다지만 훌륭한 미래가 엿보이는 그림이었습니다. 아이를 찾으면 제가 데려가 그림을 가르칠 생각입니다."

곱슬머리의 금발 소녀가 아버지의 팔에 매달리며 목 놓아 울었다.

"오, 넬로, 돌아와! 우린 널 맞을 준비가 되었단 말이야. 아기예수의 손엔 선물이 가득하고, 피리 부는 할아버지는 우릴 위해 연주할 거야. 어머니는 난롯가에서 같이 밤을 구워 먹자고 말씀하셔. 크리스마스 기간 내내! 그래, 공현축일까지 말이야. 파트라슈도 아주 행복해할 거야! 오! 넬로, 제발 정신을 차려!"

하지만 미소를 머금은 채 위대한 루벤스의 그림을 올려다보고 있는 창백한 얼굴은 모두에게 이렇게 말하는 듯했다.

"너무 늦었어요."

한기를 뚫고 종소리가 부드럽게 울려 퍼졌고, 햇빛은 설원

위에서 빛났으며, 사람들은 즐거움에 겨워 거리를 오갔다. 하지만 넬로와 파트라슈는 더 이상 사람들에게 자비를 구걸하지 않았다. 넬로와 파트라슈가 필요로 하는 것은 안트베르펜이 모두 주었기 때문이다.

넬로와 파트라슈에게 죽음은 오래 사는 것보다 자비로운 일이었다. 죽음은 충직한 애정을 지닌 한 생명과 순수한 믿음을 가진 다른 생명을, 애정에 대한 보상도 없고 믿음도 실현되지 않는 세상으로부터 데려갔다.

넬로와 파트라슈는 살아 있을 때도 함께였지만, 죽어서도 함께였다. 둘이 발견되었을 때 넬로의 팔이 파트라슈를 꽉 끌어안고 있어서 억지로 힘을 쓰지 않으면 떼어놓을 수가 없었기 때문이다. 마을 사람들은 자신들의 잘못을 뉘우치고 부끄러워하며 넬로와 파트라슈에게 크나큰 은총이 내리길 빌었다. 그리고 하나의 무덤을 만들어 둘을 나란히 눕혔다. 영원히 함께 쉴 수 있도록!

지은이 위다
본명은 '마리아 루이스 드 라 라메'로, '위다'는 그녀의 필명이다. 프랑스인 교사인 아버지, 영국인 어머니 사이에서 태어나 책 읽기를 좋아하고 자연과 동물을 사랑하며 자랐다. 그녀는 가난한 집안 살림을 돕기 위해 잡지 등에 글을 발표하기 시작했다.
1872년 출간된 『플랜더스의 개』는 19세기의 가장 인상적이고 상상력이 풍부한 청소년 문학 중 하나로 평가받는다. 이 소설은 어린 시절 위다가 아버지에게 들은 플랜더스 지방의 구전 이야기에서 영감을 얻었다고 한다. 위다는 1908년 세상을 떠날 때까지 주로 농민과 동물, 어린이에 관한 밝고 화려한 작품을 남겼다.

일러스트 김지혁
프리랜서 일러스트레이터. 감성적이고 테마가 있는 그림에 매료되어 그림을 그리기 시작했다. 트렌드에 맞춰 그리기보다 공간과 빛 그리고 이야기를 담아낸 일러스트로 많은 사랑을 받고 있다. 웹사이트, 책 표지, 잡지 광고 등 여러 분야에서 그림 작업을 하고 있으며, 칼럼과 에세이 작업도 함께 하고 있다. 지금까지 『경청』, 『원거리 연애』, 『나비지뢰』, 『여자, 독하지 않아도 괜찮아』, 『그녀들은 어떻게 다 가졌을까』, 『스페인, 너는 자유다』 등의 책에 일러스트 작업을 했으며, 그 밖에 웅진코웨이, SK텔레콤, 롯데마트, HAZZYS, KB카드 등 다수 기업의 일러스트를 진행했다.

옮긴이 김양미
교육대학을 졸업하고 수년간 아이들과 함께 배우며 생활했다. 지금은 좋아하는 책을 벗 삼아 외국의 좋은 책들을 소개하고 우리말로 옮기는 작업을 하고 있다. 번역 작품으로는 『이상한 나라의 앨리스』, 『빨간 머리 앤』, 『눈의 여왕』, 『오즈의 마법사』, 『백설공주』 등이 있다.

플랜더스의 개 아름다운 고전 리커버북 시리즈 **⑬**

지은이 I 위다   **일러스트** I 김지혁   **옮긴이** I 김양미
펴낸이 I 김종길   **펴낸 곳** I 인디고
편집 I 이경숙·김보라   **영업** I 성홍진
디자인 I 손소정   **마케팅** I 김지수   **관리** I 이현정
출판등록 I 1998년 12월 30일 제2013-000314호   **주소** I (04029) 서울특별시 마포구 월드컵로8길 41 (서교동483-9)
홈페이지 I indigostory.co.kr   **전화** I (02)998-7030   **팩스** I (02)998-7924
블로그 I blog.naver.com/geuldam4u   **페이스북** I www.facebook.com/geuldam4u
이메일 I geuldam4u@naver.com   **인스타그램** I geuldam
초판 1쇄 인쇄 I 2020년 11월 12일   **초판 3쇄 발행** I 2024년 10월 15일   **정가** I 13,800원
ISBN 979-11-5935-074-0 (03840)